OUR DOG AND TIGER

狗將軍與乖老虎

朱新望◎著

【編者薦言】

人類，牠心中永遠的問號！

朱墨菲

一如以往我們所看到的，朱新望的作品，多半是在描寫人與動物之間的關係，以及人類的行爲對動物、生態環境所造成的影響，這本《狗將軍與乖老虎》正是這類題材的代表作。書中分爲兩個篇章：一篇爲《牧羊狗將軍》；另一篇則爲《乖老虎啊嗚》。故事分別講的是兩種截然不同的動物，牠們由於因緣際會，和人類產生了情感與互動，但不幸的，也是因爲人類，使牠們終究逃不過死亡的威脅，留下令人不勝唏噓的結局。

在《牧羊狗將軍》中，牧羊狗黃黃是一隻忠心勇猛、盡職護主的獵犬。牠的工作，就是守護著羊群，因爲羊群就是主人的財產，是主人賴以爲生的寶貝，如有閃失，即意味著主人一年的辛苦與財富將化爲烏有；因之，牠從不敢大意，總是睜大了眼注意著各種動靜。直到那一天，狼來了……。原該是主人得力助手的黃黃，卻因一場誤會，造成主人對牠的不諒解，而埋下了日後悲劇的伏筆。

儘管牠受到許多污辱、鞭打，但牠仍堅守崗位，毫不懈怠。最後，在一場與豹子抵抗的保衛戰中，不幸犧牲了生命。村中的人爲了紀念牠，則在牠的墓碑上刻下了「牧羊狗將軍墓」，傳頌著牠的事蹟。

而《乖老虎啊嗚》則是講述一隻原是在馬戲團裡的老虎，因籠扣鬆脫，使牠意外得到回歸山林的機會。原以爲重獲自由的生活是美好的，卻因爲一向養尊處優的日子過久了，牠已忘了如何在野外覓食，更不懂如何同其他的獸類競爭，只好顛沛流離，終日惶惶。更糟糕的是，由於常期和人類朝夕相處，牠對人類毫無戒心，完全不識人心的複雜多變，終於還是慘死在人類的武器之下。

誠如書中所寫，動物不能理解：人究竟是怎麼回事？爲什麼有時對牠們呵護備至，寵愛有加，卻也可以在瞬間翻臉，毫無情義；愛與信任的同時，竟伴隨著謊言與背叛！事實上，牠們一直不了解，並不是所有用兩條腿走路、穿衣戴帽、能說人話的，都可稱爲人。

編者薦言

有些人雖有「人」的外貌，行爲卻比豺狼還貪婪，比野豬還野蠻，比棕熊還愚蠢。

人類，永遠是牠心中的問號！

OUR DOG AND TIGER

狗將軍與乖老虎

Contents

OUR DOG AND TIGER

狗將軍與乖老虎

【乖老虎啊嗚】

CONTENTS

牧羊狗將軍

一、鏖戰

1

黃昏降臨了，太行山的溝溝谷谷，升起了如煙似霧的暮嵐。

「嗚——嗚——」

夕陽下，幾聲粗獷低沉的號角，打破了山野中的寧靜，在青牛河兩岸久久迴盪。號角聲穿過茂密的莊稼地，穿過黑黝黝的河谷，穿過青石嶙峋的亂石灘，給這深山老峪更增添了幾分原始、神秘的色彩。

牧羊人招呼牧羊狗啦！青牛村的人們說。

太陽落，太陽落，大狼背著小狼過。這是青牛嶺一帶流傳了很久很久的民謠。現在，狼比過去少多了，但是還有。牧羊人放羊的時候，不得不帶上一群牧羊狗。青牛村如此，其他深山中的村莊也如此。而牧羊人招呼牧羊狗的時候，便使用羊角號，這玩意兒用彎彎的大羝羊角做成，就地取材，不花錢，聲音還傳得遠。

青牛村的牧羊狗群，你們到哪兒去了呢？

今天下午，年輕的羊倌狼叼兒回村來了。他是來取飯的——通常，飯並不需羊倌自己來取，但常年在野外放牧，羊倌們也很想家，總要回來看一看。羊倌回來的時候，把牧羊狗群也帶回來了。現在，羊倌離村了，狗兒們便也跟上去，跟著主人去下夜。

所謂下夜，是太行山裡牧羊人的一句行話。山裡交通不方便，山田種得高，糞肥很難送到田裡去。山裡人便祖祖輩輩沿用流傳下來的老辦法。全村合養一大群羊，雇兩個人趕著繞山轉。白天放羊吃草，晚上看哪塊空閒地該施肥了，便把羊趕去。羊兒在地裡站起臥下，屙屎撒尿，盤來踩去，折騰一夜，地裡便有了肥。防羊兒半夜裡起來偷吃莊稼，防狼豹鑽進羊群糟踐羊兒，這便是太行山裡牧羊人和牧羊狗的艱險任務，這就是下夜。

年輕的羊倌提著飯罐子，大步流星地走在山道上。一邊走，一邊緊張地左看右看，彎彎的羊角號掛在脖子下，不住地在胸前晃來蕩去。他的耳朵也豎得高高，努力諦聽山野裡的聲音。深山中野獸多，牧羊狗沒有在跟前，他的神經繃得就有些緊。

他在深山中長大，他的諢號就是在他出生時，狼闖進了村子，叼走了一隻豬崽兒，因而落下的——狼叼兒這名不大好聽，但村裡人都這樣叫，他也無奈。

一、鏖戰

太陽就要落山了。橙紅色的巨大光輪像一張大大的、剛烙好的紅高粱餅，散發著騰騰熱氣，低低壓在西邊的山尖上。山野裡似乎也流動著一股微微的熟餅的香氣，逗引著人和動物的食欲。

炊煙在青牛村上空繚繞，偶爾從村中傳出的一兩聲雞鳴驢叫，更使這山村顯得寧靜異常。山野裡，暮色四合，朦朦朧朧的黑暗正從山石後面，從樹叢中，從密密的玉米地、高粱地裡悄悄飄起。

大概是一隻山鼠，匆匆從盤繞在山坡上的小道跑過，蹬落了一塊石頭，嘩嘩啦啦地滾下來，清脆的聲音久久在人的心弦上敲擊，使人的頭髮不由得一陣陣豎起……

夜，深山中的夜，就這樣開始了。

「嗚——嗚——」一陣粗獷的號角聲再次響了起來。這聲音已遠離了青牛村，帶著焦急，帶著責難，強烈地撼動著空氣，從高高的山坡上向每一片叢林、每一條溝壑飛散。

青牛村的人們聽到號角聲，無論在院裡忙碌還是在屋中勞作的，都不由得抬起了頭，臉上掛上了困惑和不安。

「狗，青牛村的牧羊狗們，你們怎麼還沒跟上主人呢？」

2

就在號角第一次響起的時候，青牛村南的一片棗樹林裡，剛剛結束了一場流血的戰鬥。

一隻大狼狗竄出棗樹林，箭一般地向南飛跑。這狗像小牛犢般高大，腹部的毛色淺黃，到背部才漸漸黑起來。

大狼狗把尾巴緊緊夾在兩條後腿之間，一邊跑，一邊不住地回頭看，粉紅色的眼睛裡閃露著驚恐的光。牠的咽喉、屁股以及急急擺動的前後腿上，一片片傷口皮破毛禿，咕嘟咕嘟地冒出黏稠的血漿。

棗樹林的另一面也跑出了幾條狗。這些狗一條跟著一條，邁著懶散的步子，不慌不忙地踏上了向西去的山道。

打頭的是條沒閹過的黃狗。這狗不算高大，也不肥，卻肌肉凸出，腿腳粗壯。狼一樣的尖耳朵，硬梆梆地聳立在稜角分明的額頭上。

這狗正當盛年，紫葡萄色的眼睛裡，透出雄性的剽悍和懾人魂魄的威嚴。夕陽照著狗嘴邊的幾片血跡，牠一面小跑，一面伸出舌頭，左一下，右一下地舔食。牠的白尾巴高高聳起，長長的鬣毛飄揚著，就像一面迎風的旗幟。

這是一條本地種的牧羊狗，青牛村的人們叫牠黃黃。

一、鏖戰

跟在黃黃後面跑的，是脖子上戴著項圈的花花。這是一條雄壯高大的花斑狗。臉面寬闊，胸脯滾動著一塊塊肌肉。遠遠看去，牠更像一頭黑白花的小牛。

花花身上也沾著血跡，嘴角還掛著一撮淺黃色的毛。牠不顧這些，一邊跑，一邊搖動耷拉下來的大耳朵，竭力諦聽黃昏山野裡的聲音。鐵刺林立的項圈下，吊著一個小鈴兒，隨著牠的跑動，發出一陣陣脆響。

再後面是一條油光水滑的紫黑毛狗。這傢伙細腰細腿，跑起來輕輕巧巧，瀟瀟灑灑。粉紅色的鼻子和燒火棍般光溜的短尾巴，標明著血液中的獵兔狗成分。牠也戴著鐵刺尖利的項圈。這條狗叫「泥鰍」。

最後面的也是一條黃狗。個頭和黃黃差不多，模樣兇狠，並且只有半截尾巴。在一次和狼的搏鬥中，牠吃了虧，半截尾巴被狼咬去了。

四條大狗「突突突」地跑著。牠們跑過村邊，跑過黑黝黝的莊稼地，跑過栽著密密小樹秧的苗圃，雖然沒有咆哮，沒有叫，但那身軀上滾動的肌肉，冷漠、野性十足的眼睛裡閃爍的眼波，張開的大嘴中、尖尖犬齒反射出來的寒光，彷彿使空氣都在不停地戰慄。

這就是青牛村的牧羊狗群。這些狗，有的是羊倌從小養大的，有的是村民幫襯的，有的是自己跑來的。這些狗雖然在村裡立有「戶口」，有「村籍」，按時由羊倌從眾人家領回牠們的口糧，但跟羊群不一樣，牠們是出力掙錢，來去自由。這在太行山裡的牧羊人看來，是天經地義、理當如此的。

狗兒們今天必須自己上臥場了。牠們邁著輕快的步子，顛顛地小跑。從剛才的號角聲裡，牠們已經知道，羊倌出發了。狗兒們清楚，現在是夏天，野外食物豐富，狼群一般不傷人。牠們只要嗅著那雙大腳丫子留在山道上的汗臭，找到臥場就可以了。

太陽落山以前，牠們曾在村口等過羊倌。可羊倌遲遲不出來。牠們正等得心煩氣躁，來了一群狗。於是，鬼使神差，牠們離開了村口。

3

那是鄰村的一群狗。這群狗吠叫著，奔馳著，掀騰起一片不大不小的灰塵。牠們的前頭，一隻嚇昏了頭的野兔在沒命地逃竄。不知不覺間，這群狗闖過了「疆界」，一直跑進青牛村邊的棗樹林子。

狗兒們是有自己活動「疆界」的。這「疆界」雖然沒有界牆，沒有鐵絲網，但有狗兒們在自己活動地盤的邊緣，透過屙屎、撒尿、蹭癢留下來的氣味。狗群與狗群之間，彼此都極重視自己「領土」的完整。一旦發現狗群越界，就要被看做挑釁、侵犯並要發生爭鬥。

現在，鄰村的狗群不僅超過了邊界，而且在青牛村狗群的注視下，一直耀武揚威地闖

到了青牛村邊。這可是一件不能容忍的大事！

青牛村的狗群咆哮起來。

正在奔馳的狗群愣了一下，站住了。但當牠們看清青牛村口有四條狗時，牠們蹲了下來。

灰塵在棗樹林間飄蕩，漸漸淡了，散了，濃重的狗氣味卻在林子裡瀰漫開來。這群狗沒有要退走的樣子。領頭的大狗，就是那隻狼狗，甚至抬起一條後腿，撓起脖上的癢癢。牠們有七八條大狗，而那條尖耳朵狼狗，比花花還高出一截兒。

這是明顯的藐視！青牛村的狗兒們紛紛站起來，一邊兇狠地吠叫，一邊把耳朵貼到腦後，穿梭似的在村口來回走動。這是狗兒們在發怒，在威脅，在下最後「通牒」。

鄰村的狗群中有兩條沉不住氣了，汪汪地叫兩聲，站了起來，把尾巴緊緊夾在後腿中間——這是在道歉，但其他的狗還蹲在地上。牠倆看看伙伴，猶豫了一下，又蹲下了。

青牛村的狗群再也按捺不住。花花率先跳過去。一場鏖戰爆發了。

頃刻間，棗樹林裡成了個烏煙瘴氣的世界。

穿進林子裡的一條條夕陽光柱中。塵土和狗毛到處亂飛。狗兒們有的撕咬在一起，有的往來衝突，有的像摔跤似的互相繞著轉圈，尋找對方破綻。

各種各樣的狗叫聲彼此摻雜混響，震耳欲聾：那低沉有力的「嗚嗚」聲，是在威脅；

那短促持續的「嗷嗷」聲，是在呼痛；那尖厲顫抖的「嗚兒嗚兒」聲，是在求饒。

花花和那條領頭的大狼狗轉著圈兒撲打。泥鰍和半截尾巴遠遠避開大狼狗，專揀個小體弱的撕咬。黃黃頸上的毛一陣陣蓬起，在林子邊急躁地走來走去。

牠不輕易和其他狗打架，只是在萬不得已的時候才上陣。有兩條狗不知趣地湊了過來，牠冷冷地盯了牠們一眼。那兩條狗像忽然觸了電，嗷地驚叫一聲跳到一邊，夾了尾巴，再也不敢上前。

「汪、汪，嗷嗷嗷……」花花忽然慘叫起來。

牠被大狼狗撞倒了，肩部被撕下一塊皮，血汩汩地湧出來。泥鰍和半截尾巴怔了怔，膽怯了，悄悄向黃黃身邊靠攏。一時間，鄰村狗群的氣焰陡地高漲起來。

黃黃溜了過去。大狼狗還要撕咬倒在地上的花花，黃黃肩一扛，把牠撞開了。

大狼狗兇狠地咆哮起來，黃黃盯了牠一眼，大狼狗並不示弱。黃黃只好皺皺鼻子，齜出牙，從喉嚨裡發出一聲低沉的威脅。

大狼狗愣了一下，大概也看出對手不好惹，便閃過黃黃，向剛剛聚攏到黃黃身後的半截尾巴和泥鰍撲去。

半截尾巴和泥鰍害怕了，嗚兒嗚兒叫著討饒。

黃黃怒火陡起，眼裡射出兇光，就在大狼狗繞過牠的一瞬，猛一折身跳了起來。狗兒

一、鏖戰

們還沒來得及看明白，牠已將對手喉嚨咬住，只一掄，大狼狗便像隻肥羊似的滿地亂滾，大狼狗不服輸，嗚嗚地吠叫著，四條腿亂踢，還要站起來拚命。

黃黃鼻子裡哼出可怕的一聲，重又撲上去。利齒一閃，大狼狗的脖頸豁開了一個大口子……當黃黃滿嘴是血抬起頭，其他狗兒們早嚇得四蹄翻天，嗚兒嗚兒叫著鑽出棗樹林，向本村狂逃而去。

黃黃舔舔嘴邊腥膩的鮮血，抖了抖身上的土。花花、泥鰍和半截尾巴乘機向癱在地上的大狼狗下了口……夕陽有一半落到山背後去了，青牛村邊高大的楊樹上，鳥雀一片聲兒地驚叫……

「嗚——嗚——」號角在暮色中響起。牧羊人在召喚了。

青牛村的狗兒們停止撕咬，一齊仰起頭，諦聽粗獷低渾的聲音。片刻，又不約而同地鑽出棗樹林，顛顛地向青牛嶺跑去。

大狼狗遍體鱗傷，嗷嗷哀號著，縮起四腿，仰面朝天的躺在地上——這是狗兒們徹底投降的表示。大狼狗的傲氣被完全擊潰了。牠一動不動，偷眼看著青牛村的狗群撇下自己，就要鑽出小樹林，才一骨碌爬起，箭一般地逃走了。

「嗚——嗚——」暮色蒼茫的夜空中，又傳來了號角聲。

泥鰍、半截尾巴加快步伐，幾步攆過黃黃，跑了上去。牠們已聽出，這第二遍號角聲中隱隱滲出責難與威脅。

花花也有些急躁，加快了腳步緊攆。黃黃抬頭看看天，依然不緊不慢地甩動四條腿。牠不明白，天色尚明，年輕的主人有什麼必要著急。

二、老羊倌

1

一彎金黃色的新月，掛在藍黑色的夜空中。月兒旁邊，有一縷淡淡的雲氣。天空中的星星不多，只是在遠離月牙兒的地方，才有幾顆銀釘一樣的星，悄悄向下面的大山眨眼。

明天，又將是一個好天氣。

吃罷主人扔過來的食物，狗兒們散在羊群周圍臥好了。太陽一落山，大山裡的暑氣立刻消退了一多半。

風拂過石頭，拂過草木，吹淡羊群上空的膻氣味兒，帶來了清爽的涼意，人們甚至感到有點兒冷。不過狗兒們不怕，牠們的皮毛比山外平原上的狗厚實多了——這也許是無論什麼季節，大山裡的牧羊狗，看起來都比其他的狗粗壯剽悍的原因。

黃黃臥在一叢山榆旁，灌木的枝葉垂下來，把牠遮了個嚴嚴實實。這地方離羊群比較遠，守著一條下山的小路，來往的風都能吹過這兒，給牠帶來野獸的氣味。牠胃裏沉甸甸的，嗓子有些乾。今天很餓，吃食時，一連吃了兩塊又硬又澀的紅高粱餅。這食物是專門爲牠們牧羊狗準備的。

「有點兒水喝就好了。」牠想。但牠忍著，一動不動。牠不能讓狼群知道自己潛伏的位置。

同胃口一樣，黃黃心裡也有些沉甸甸的。

剛才，牠跟著狗群回到了山坡上，小獅子狗獅獅——這是一隻毛色純白，只有鼻尖和眼珠漆黑發亮的小狗——撲上來圍著牠撒歡。獅獅腿短，跑不快，沒有跟牠們回村。獅獅顛兒顛兒地圍著牠轉，仰著小嘴舔牠的臉，嗅牠的肚子和屁股，牠便也同樣親切地舔和嗅獅獅——這是狗的見面禮節。沒想到，狼叼兒這時突然衝上來，抬腿衝牠的屁股就是一腳。如果不是老羊倌一把拉住狼叼兒，牠險些被狼叼兒踹倒。

是嫌牠跟鄰村的狗打架了？那是鄰村的狗挑起的呀！是嫌牠回牧坡晚了？牠只比年輕的主人晚到了一步。是嫌牠沒保護主人？那時候，天還沒完全黑下來。況且，狼也怕人，不到萬不得已是不敢向人進攻的。

年輕的主人做羊倌的時間不長，脾氣很暴躁。這些，黃黃都知道。但因爲他暴躁，就可以無緣無故地暴打一條牧羊狗？

牠黃黃可不是好欺侮的。青牛嶺一帶，誰不知道牠是一條兇猛的狗！主人怎麼著，也得講理。不講理的主人，黃黃可不願意侍候……不過，現在，黃黃只是把火憋在心裡。牠不輕易發怒，牠是隻有涵養的狗。

二、老羊倌

天色還早。狼群襲擊羊群，多半在後半夜。老羊倌張石頭吃完飯，把剩下的一碗小米飯湯倒出來，給黃黃端了去。他很高興。剛才，打開狼叼兒提來的飯罐子，還騰騰地冒著熱氣。牧羊是項很辛苦的活兒，常年白天黑夜地在山野裡，難得吃到一頓熱湯熱飯。

他找到黃黃。黃黃正把頭伏在兩隻前爪上，微瞇著眼臥著。他知道，狗值更下夜，靠的不是眼睛，主要是鼻子和耳朵。他看看地勢，不由得一陣讚嘆：這兒又開闊又隱蔽，聽得見四面八方的聲音，卻不容易被發現。

「嘿！還是咱們黃黃……來，喝點兒湯吧，解解渴。」

黃黃睜開眼睛，看到老羊倌皺巴巴的長臉上一臉親切的笑容，心裡的煩惱立刻煙消雲散。

「主人，還是我的老主人！」牠輕輕地搖了搖尾巴尖。

黃黃剛剛吧嗒吧嗒地喝了半碗小米湯，狼叼兒趕來了。他彎腰端起剩下的半碗，衝老羊倌嚷起來：「石頭叔，你怎麼總偏向黃黃？都是條狗，憑什麼牠該喝小米湯？」

老羊倌嘆了口氣：這年輕人，還不懂事呢！

黃黃看了狼叼兒一眼，沒有動，依舊老樣子伏在前爪上，又臥好了。

月牙兒越升越高了。

狼叼兒把小米湯端給了獅獅，後面傳來小獅子狗喝稀飯的吧嗒聲，黃黃舔了舔嘴邊濕漉漉的毛，一動不動地臥著。牠還有些渴，但牠不願暴露自己的位置——幾年來，牠一直這樣看守著羊群。

2

「喔唷，唷！幹什麼去？」

幾隻嘴饞的羊悄悄離了群，溜到地堰邊啃草吃。老羊倌看到了，便用羊鏟撮起塊土坷拉砸去。

貪嘴的羊兒跑了回來，只有一隻牛高馬大的大角公羊不理不睬。老羊倌有些火，拾起一塊石頭，準備狠狠砸牠一下。舉了舉，又放下了，他怕砸壞這隻優種公羊。

「汪兒，汪兒。」

老羊倌剛要提著鞭子過去，小獅子狗到了前頭。這小狗不是放羊的料，卻很機靈。狼叼兒抱牠來，是為了逗樂解悶。沒想到，牠也跟著大狗學會了放羊。

二、老羊倌

大公羊向這邊斜睨了一眼，又自顧自吃草去了。牠根本沒把頸毛長長的小獅子狗放在眼裡。獅獅火了，撲過去就咬大公羊的後腿。

老羊倌正想喝住牠，大公羊早轉過身來，朝獅獅肚子就是一頂。

「砰」，獅獅被撞出老遠，半天才「嗚兒汪兒」地叫出聲。臥場上，大大小小的綿羊、山羊都昂起了頭，興奮地注視著這場爭鬥。

「他娘的，反啦！反啦！」

狼叼兒摸到一塊大石頭，一個鯉魚打挺站了起來。

老羊倌嚇了一跳，一個箭步撲上去，急急忙忙捉住了他的手腕子：

「這怎麼行？這可不行……村裡人還指望牠改良品種呢！」

「汪，汪汪！」

「嗚——汪！」

地堰邊，大狗們都站了起來，從四面八方圍住羊群，兇兇地狂叫。牠們有經驗，夜黑山深，必須把羊群震懾住，若是這時候炸了群，就不好收攏了。

黃黃從山榆樹下站出來，叫了幾聲，向大公羊走去。大公羊仍然神氣十足地站在地堰邊，昂頭注視著牧羊人和牧羊狗。看看黃黃走近，牠一個跳躍，低頭把一對大角挺在了黃黃面前。黃黃怔了怔，鼻子裡發出了威嚴的「嗚嗚」聲。

大公羊牢牢地盯著黃黃，仍然擺出一副頂撞的架勢，腿卻開始微微地顫抖。牠了解這狗頭兒的厲害，卻又怕在母羊和其他羊兒面前失掉威風。看看黃黃又邁開腿，向牠走過來，牠有些慌，急忙倒騰著腿兒後退……忽然，大角公羊一個轉身衝鋒，「嗖」地鑽進了羊群裡。

羊群騷動起來。外圍的羊爭先恐後向羊群中心擠，羊群中間的羊被擠得直立起來。舉著前腿「啪啪」地亂敲其他羊的脊背。臥場上一片呼呼隆隆的踩踏聲和咩咩的驚叫聲。幾百隻羊霎時間擠得風雨不透，成了個結結實實的大疙瘩。

一場內亂平息了，臥場重新恢復了平靜。

夜，更深了。月牙下了山，山谷山坡山頂，像被一層藍黑色的沙帷罩起來，只露出個輪廓。起露了吧，涼涼的夜風裡，沁著潮潤，沁著泥土和草坡的微香。

遠遠近近，這兒那兒，不時晃過一盞盞綠瑩瑩的小燈。是夜晚覓食的螢火蟲，還是圍著羊群轉悠的狼和豹？有一對大灰狼，是始終盯著這一群羊的。

一切都隱藏在黑暗中，大山裡的夜顯得那樣神秘，那樣深不可測。

3

牧羊狗豎起了耳朵，警覺地注視著黑暗中的一切，偶爾向一個方向吠叫幾聲。黃黃把

二、老羊倌

頭枕在前腿上，靜靜地臥著一聲不吭，只有兩隻耳朵高高支起，不時在夜風中搖一搖。

牠醒著。

天上的星星多起來，夜風越來越涼。

突然，山榆樹的枝條擺動起來。黃黃悄悄從灌木叢下走出，睜大眼睛，緊緊盯著下邊的地堰。夜裡，山風從上往下刮，順著山坡緩緩吹向山谷，山谷裡的氣味不大容易送上來。要分辨清下面的東西，狗兒們只好依賴耳朵。

良久，黃黃沒有出聲息。牠聽到了幾聲異響，正在緊張地判斷。狗的聽力比人強幾十倍。人耳聽不到的、遠處的微響和人耳不能接收的、一些低頻和高頻聲波，牠們卻能感受到。有經驗的狗，往往能憑此先人一步知道危險的臨近。

等到其他的狗都站起來狂叫的時候，黃黃悄悄臥下了。牠已弄清了下面的情況。

「狼來了！狼來了！」

老羊倌聽到狗吠，慌忙推醒了狼叼兒。這個年輕的牧羊人，正裹緊皮襖打盹。他倆緊緊握著羊鞭羊鏟，探頭探腦地向羊群周圍察看。

山坡下面是一片玉米地，這個時候，黑乎乎的，什麼也看不清。身邊，羊兒們還在安閒地臥著，有的在閉目打盹，有的在倒嚼。兩隻小羊羔吃飽了奶水，在母羊身邊甜甜地睡著，絲毫也沒有驚慌的樣子。

老少羊倌你看看我，我看看你，又一齊掉頭向黃黃那邊看去。黃黃仍然臥在那叢山榆樹下，悄無聲息。倆羊倌心裡踏實了。

「沒出息，風吹草動，瞎嚎什麼！」

狼叼兒揮了揮鞭子，清冷的空氣裡發出兩聲脆響。

「嗚，嗚——」狗兒們委屈地閉上了嘴。

可是，片刻之後，不知哪隻狗帶頭，狗群又衝著山谷狂叫起來，吠聲在山谷間蕩起了巨大回音。

莫非山谷裡真有什麼野獸？倆羊倌覺得事情有些蹊蹺。

「國富，你去看看……帶上條狗。」老羊倌說。

狼叼兒的大名叫張國富。不過，除了老羊倌，很少有人這樣叫他。

老羊倌看透了。黃黃不動聲色，羊兒不驚不慌，這說明下面山谷裡即使有野獸，也不會是威脅人畜的兇獸。他擔心山谷底部那一片正吐纓的玉米，怕被野獸糟踐了。

狼叼兒很不高興，撅起了嘴，但他還是去了。山上總共兩個人，老羊倌年紀大了，論輩分還是自己的叔叔，他狼叼兒不去誰去？他沒有帶狗，賭了口氣，只提著羊鏟下去了。他也看出來了，下面不可能有吃人吃羊的食肉獸。

片刻之後，山谷裡傳來了狼叼兒驚慌的喊叫。喊聲在空曠的大山裡傳播，顯得十分駭

人。

狗群狂叫起來。黃黃呼地站起，抬腿就往山坡下衝去，狗群緊緊追趕著牠。黃黃看到狗群都下了山，臥場上只剩下老羊倌，孤零零地守護著一大群羊，忽然又扭回了頭。狗群不叫了，驚奇地看看黃黃，怔了一怔，也跟著頭狗折回了身。

老羊倌急了，呼地揮動起鞭子：「都回來幹什麼？快下去，快……狼叼兒，下面！」花花挨了一鞭，慘叫一聲，彷彿清醒過來，箭一般地竄下了坡。泥鰍和半截尾巴叫著、躲著，也跟著跑走了。臥場上只剩下了老羊倌和黃黃。黃黃不再臥下，圍著羊群轉起了圈兒。黑暗裡，牠尖尖的犬齒閃著光。

老羊倌心裡踏實了。說實在，剛才狗群傾巢跑下坡，他還真有些心虛。

4

「狗日的王八蛋，你就見死不救？」

狼叼兒出了一身冷汗，夜風一吹，褲子褂子貼到了肉上，冷冰冰的，好不難受。爬上坡來，看到臥場上的黃黃，心裡的怒氣驟然升起，一個箭步搶上去，「刷」，羊鏟脫手而出。黃黃急忙一跳，羊鏟飛過去，砸在石頭上，濺起一溜火星。

黃黃氣昏了頭，鼻孔裏轟響起低沉的吼聲，牠還從來沒有遭到過這樣的毒手！強烈的自衛意識，使牠頸毛倒豎，齜起尖牙，兩眼射出兩道兇狠的光，彷彿就要向狼叼兒撲去。

「黃黃，黃黃！不能，可不能呵！」老羊倌閃電般躥過來，一下子摟住了黃黃的脖子。他知道黃黃的厲害。

黃黃掙了兩掙，見是老羊倌，才平靜下來。

「忘啦！黃黃，他是你的主人……怎麼敢咬他？這是大逆不道呵。」老羊倌在黃黃的耳邊說。

黃黃聽不懂老羊倌的話，但看到了老羊倌的神色，知道老羊倌在責備自己。牠忿忿地從喉嚨裡發出嗚嗚的低吼，渾身的筋肉仍然繃得緊緊的。牠不明白，自己爲什麼可以被年輕的羊倌隨意打殺，卻不能發怒……狗爲什麼這樣不值錢？

狼叼兒看到黃黃發怒，心顫起來，慌忙去拾羊鏟。花花見了，一個虎跳，撲過去叼住羊鏟就跑。狼叼兒愣了，又出了一身汗。待到看清老羊倌抱住了黃黃，才又膽壯起來，一邊罵，一邊摸起一塊大石頭：

「娘的，狗還護狗。我叫你……」

他要砸花花。

「國富，你瘋啦？這是幹什麼……把狗都打壞了，還能放羊嗎？」

老羊倌又著起急來，氣咻咻地一下站起，扳住了狼叼兒的胳膊。

二、老羊倌

黃黃目光炯炯地注視著。

狼叼兒嗚嗚地哭起來，手裡的石頭撲通掉到了地上。他覺得他很委屈。老羊倌叫他去看玉米，而危險的時候，狗群竟遲遲不到，特別是最厲害的黃黃……

老羊倌怔了怔，呵呵笑起來。狼叼兒已是一個大漢子了，怎麼還嗚嗚地哭？瞧他那皮襖，被撕掉了一塊前襟，掛在胸前，夜色中，好像是吊著一個大綿羊尾巴。

「瞧你，稀鬆到這般模樣……當初叫你帶條狗，你還不帶，到底碰到了什麼？」

「誰知道？尖尖的爪子，一下子就把羊鏟打飛了……叫這些狗，牠就不去。」

狼叼兒甩開老羊倌的胳膊，嘟嘟囔囔地走開了。

老羊倌回頭看看黃黃，黃黃脖子上的毛還豎著。他笑了笑，拍拍黃黃的腦袋，順著毛撫摸起來。

「黃黃，受不了一點委屈……他今天不高興，別跟他一樣，呵？」

黃黃身上的毛漸漸平順了。

狗兒們各自尋個地方臥下，夜，又漸漸恢復了寧靜。

「嗨，怕是隻獾吧？咱這山裡，有那老獾，身高體壯，站起來比人也不低……」

黑暗裡，老少羊倌嚶嚶地說著話。年輕的牧羊人隱隱還有些氣憤，老羊倌卻不時爆發出一陣大笑。

「一隻玀算得了什麼？怎麼把個大小伙子弄得魂不附體……嗨，不要再說黃黃了，人家黃黃是對的。那狗，嘿，懂事呢！」

夜風輕輕地拂過，帶著濃濃的潮氣。一顆流星劃過天空，落到大山後面，留下了一道光閃閃的尾巴。星星稀疏了，天快亮了吧？

三、金雕

1

黃黃在做夢。

做夢，是大腦發達的結果，是高級神經活動的一種方式。鳥兒和高等哺乳動物都會做夢。狗是一種高等哺乳動物，當然也在其內。

昨天夜裡，黃黃一會兒也沒睡，牠太疲勞了。

驕陽似火，山窩子裡熱如蒸籠。黃黃臥在一塊岩石的陰影裡。這兒草葉扶疏，光斑散亂，黃黃的皮毛和身旁的景物融爲一體，無論從哪個方向看，都不容易發現牠。牠的一隻耳朵貼著地，身後的尾巴伸開去，尾巴尖在微微地戰慄。

離黃黃不遠，一叢長長的灌木枝兒後面，一片鼾聲時高時低地響著。這是狼叼兒在午睡。翻過一道石坎兒，在羊群的另一面，老羊倌躲在一塊大石頭後面，腦袋下枕著一隻鞋，也呼呼地睡得正香。

一隻大黑螞蟻順著他臉上的皺紋爬來爬去，他也不知道。這處山窩子雖然很偏僻，遠離村莊，但狼和豹是夜間活動的，白天很少出來，牧羊人也就睡得很踏實。

四五百隻羊散在山坡上。綿羊們不怕熱，在灼人的陽光下擠在一起。無論大羊、小羊、公羊、母羊，一律頭向裡，屁股向外，緊挨著站著，在山坡上組成了幾個散發著濃重膻氣味兒的放射形圓圈。

山羊們聰明，東一隻，西一隻，各自找一片灌木陰涼處臥下來，懶懶地垂著眼簾，上下嘴巴不停地磨著。當嘴裡實在沒什麼可嚼磨了的時候，牠們便扯一口身邊的青草和灌木葉兒，卻仍然不肯睜眼。

狗趴在羊周圍，各自找了片陰影。牠們張著嘴，吐出濕漉漉的舌頭，艱難地呼吸著熱乎乎的空氣。

正是三伏季節，一年中的這個時候，是狗兒們最難熬的。牠們的汗腺長在舌頭上，不發達，只有借助大口喘氣，才能從肺裡帶出一些熱量，從舌頭上蒸發掉一些熱量，不致中暑。

黃黃沒有張嘴，也沒有吐出薄薄的、粉紅色的舌頭。牠沒有感覺到熱，完全沉浸在一

個美妙的夢境裡。

牠夢到一隻黑狗。

這黑狗是黃黃早晨剛剛認識的。

當太陽爬上東方山尖的時候，緊張的一夜結束了。黃黃渴了一夜，爬起來，抖抖皮毛，急急忙忙跳下地堰，到遠處的山溝去喝水。

太行山氣候乾旱，加上人們亂墾濫伐，到處是荒山禿嶺，水源十分缺乏。人畜喝水，常常要跑很遠的路。

青牛嶺一帶也沒有了大片森林，所幸地處深山，人煙較少，草木還能自由生長。有一條小溪，潺潺從大山深處流來，又潺潺流向大山邊緣。

小溪兩岸菁林茂草，山花鋪地，恰似乾旱大山中的一條帶狀花園。附近村莊的牧羊人和牧羊狗，都十分珍愛這兒，常到這裡來解渴、歇息。

黃黃趕到溪邊，一隻黑狗正在飲水，那黑狗伸出舌頭吧嗒吧嗒地舔著水，輕輕巧巧，好像在玩，又好像怕把溪水弄渾了。

這狗毛色油亮，身材苗條，很是輕靈秀氣。黃黃呆了一下，這是哪村的？

「汪，汪」，黃黃叫了。黑狗兒抬起頭，也汪汪叫了兩聲，連忙跳起來，卻不走。黃黃口渴，無暇細想，便向溪流伏下威嚴的腦袋。黃黃喝足水，那狗才又回來，繼續喝水。

黃黃搖搖腦袋，甩掉嘴巴上沾著的水珠，又定神看了看黑狗。不知為什麼，剛剛看到黑狗的時候，牠就很喜歡牠。牠湊過去，嗅嗅黑狗的嘴，又嗅嗅牠的身子。那狗沒跑，也轉過身，溫存地嗅嗅黃黃，這使黃黃很高興。

黃黃忽然嗅出，黑狗身上有一股牠從來沒聞過的氣息。是薄荷？是玫瑰？是丁香？牠止不住連著打了好幾個噴嚏。

牠的心飄蕩起來，渾身癢酥酥的，往日的冷漠和威嚴剎那間都冰消雪化了。這是和花花牠們在一起的時候，從來不曾有過的事。黃黃顫抖的心靈裡忽然湧起一個意識，一個願望：如果這黑狗是牠那一群中的一條，該多好！牠願意和這黑狗待在一起，永不分離。

黑狗也在仔細打量黃黃，好像也很喜歡。一雙藍黑色的眼睛閃爍出溫馴、熾熱的光芒，牠伸出舌頭，舔起黃黃的鼻子……

呵，真好！黃黃醉了。牠看看天，天空蔚藍；看看山，山色秀麗……一切都是那樣的美。溪水啊，慢慢地流，時間啊，你慢慢地走……

黃黃臥下了，黑狗也臥下了。但忽然間黃黃又站了起來，牠想起了自己的責任，牠不能再在這兒耽擱了，牠要牧羊。黑狗詫異地看著牠，也站了起來。

黃黃走了，黑狗沒有叫也沒有追，默默地站在溪邊草地上，軟軟地搖動著尾巴……

半天過去了，黃黃眼前總是晃動著黑狗的身影，那種懾人心魄的氣味深深地刻在牠的

心底。牠總覺得丟掉了什麼，心裡卻又甜蜜蜜的，沉浸在一種從未有過的激動中。

偏僻的山坳裡靜悄悄的，間或響起一聲小羊羔夢中找奶吃的咩咩聲。烈日無聲無息地噴吐著熱浪，把山坡上的草葉和灌木枝條曬蔫了，無精打采地垂下來。牧羊人、牧羊狗和他們的羊群都進入了夢鄉，世界上的一切彷彿都變得可親起來。

羊群歇息的這處山坡對面，有一道高高的陡壁。陡壁頂上，有一條巨大的石隙。石隙中，住著一隻大雕。現在，在石隙陰影中，大雕正在探頭探腦……

2

黃黃好像聽到了幾聲怪叫，但牠沒醒，只是耳朵搖了搖，尾巴梢擺了擺。

這不是狼叫，並且也沒有那種伴隨著的沉悶卻叫人心驚的腳步聲。

況且，這又是白天！

可是，怎麼回事？牠好像又聽到了狼叼兒驚慌的大叫。黃黃驀地睜開眼睛……天！一隻巨鳥正探頭探腦地站在一隻山羊身上。那鳥翅膀軟軟地耷拉著，一隻翅膀就像扇門——天底下竟有這樣大的鳥，黃黃可從來沒見過。

黃黃正暗自驚訝，卻見巨鳥抬起一隻大爪，劈面向迎面撲來的一個人抓去——這是狼叼兒，黃黃這才注意到他。

狼叼兒赤手空拳，向前伸著胳膊，似乎想抓住大鳥，大鳥的眼睛卻射出一種又冷又尖的兇光。而那隻舉起的大爪，每一根爪尖的趾甲都像肉店裡掛豬肉的鋼鉤，又大又尖利！

黃黃驚呆了，可這只有一瞬間。牠嗚地吼出一聲，不顧一切地向巨鳥撲去。主人的皮肉是絕對抵擋不了巨鳥的大爪的，牠不能讓主人受到傷害！此時，牠忘了牠對狼叼兒的不滿。

巨鳥的大爪馬上就要攫進狼叼兒的腦袋，狼叼兒心裡呼地升起一股涼氣。他沒想到，這隻偷羊的大鳥竟不怕人！急忙本能地收回兩臂，擋在了腦袋前面——這怎麼擋得住呢？他腿軟了。

「嘰呀」，一聲大叫，巨鳥卻和爪下的山羊一起翻倒在地。

山坡上，一隻黃毛大狗也在翻滾掙扎。

「真厲害！」狼叼兒害怕了，心在胸腔裡怦怦怦地跳個不停。他想跳開，卻挪不動腿，不由得尖叫起來：

「來人哪，來人哪！黃黃……花花，花花！」

他後悔了。

剛才，狼叼兒正在睡夢中，覺得有一道黑影從頭頂掠過，接著刮起一陣大風。他睡眼惺忪地坐了起來，眼前的情形把他嚇了一跳：一隻巨鳥抓住一隻山羊，要把山羊提起來帶走。

他猛醒過來，那山羊可是他們羊群中的一隻啊！他大叫一聲，一縱身向巨鳥撲去。他覺得，鳥兒再大，也是鳥兒，沒有獠牙利齒，沒什麼大不了，沒想到……

現在，山坡上喧鬧起來。羊群炸了窩，呼呼隆隆地亂跑。狗兒們一躍而起，狂叫著，在羊群中衝來撞去。花花還沒完全清醒，聽見羊倌呼叫，急忙向這邊跑來。

「狼？豹？在哪兒，在哪兒？」

老羊倌睜開眼，覺得不妙，沒顧上穿鞋，提著羊鞭慌慌張張地跳到了石坎上。

巨鳥脫落了一些羽毛，拍打著翅膀站了起來，牠憤怒地盯著眼前那個胡喊亂叫的人，搖搖擺擺地向前走出幾步，恨不得再抬爪給他來一下子。可是，那條狼一樣的黃狗也爬了起來，並且一爬起來就向牠一撲，牠不得不一跳，轉身應付這個不知死活的傢伙。

牠不怕人，卻有些怕這條狗——這狗已經受傷了，卻還這樣頑強。

這巨鳥就是對面陡壁頂上的金雕，像這種巨型的鳥兒，一般是以野生的天鵝、大雁和麋鹿、山羊為生的。但自人們毀林開山以來，牠的食物越來越少，不得不時常冒險掠奪家禽家畜和攻擊狼等猛獸，來養活自己。

早晨，牠出擊了一次，打傷了一隻回巢的狼，卻不提防另一隻狼撲了過來，撞傷了自己。要不然，剛才這隻羊，牠是完全可以一下子就提起來，帶上高空的。

黃黃的頭被金雕揮翅拍了一下，像被打了一悶棍，裡面嗡嗡作響，疼痛難忍。有一陣子，眼前金星亂迸，什麼也看不清。

牠還沒見識過這種鳥兒的招數，另外又是倉促上陣，來不及尋找一個有利的撲擊角度……但當牠剛能模模糊糊地看清眼前的景物，就又開始和巨鳥周旋了。牠從大雕抽牠的一翅中覺察到，主人不是大雕的對手。

狼叼兒沒有受傷，看到黃黃又勇猛地和大雕搏鬥起來，而山坡上的人和狗又都醒了，他的膽子陡地又壯了。他甚至想活捉這隻巨鳥，讓老羊倌和青牛村的鄉親們開開眼界。看到雕在和黃黃對峙，沒注意他，他再次撲了過去。

鳥類的眼睛與眾不同，不僅視覺敏銳，視野也十分開闊。牠們能看清眼前和身體兩側各方位活動的東西。狼叼兒又估計錯了，他還沒有接近大雕，大雕早已一跳轉向了他。

雕伏一伏身，一躍，伸頸向羊倌啄來。狼叼兒揮臂一擋，想把雕嘴撥開，卻不料胳膊像被斧子重重敲了一下。狼叼兒摔倒了，雕又俯下身子，緊緊跟著在地上滾動的羊倌跳，準備再來一擊。

黃黃見主人被擊倒，怒不可遏，發瘋似的一躍而起。雕忙閃身，還是被黃黃撲到了背上，只是撲偏了一些。

雕慌了，「嘰呀」驚叫一聲，拚命撲打起翅膀，黃黃被甩了出去，只扯下雕脖子上的幾根翎毛，隨風亂舞。

雕跳到了空中，還不想走，見四面八方又竄出幾隻狼一樣的牧羊狗，狂叫著一齊撲來，而那隻凶猛的大黃狗鬥志更旺，昂頭追著要咬牠伸在下面的爪。

牠有些膽寒，貪婪地看看倒在身下的山羊，那羊已血肉模糊了，牠深深地吸了幾口散發著血腥氣的空氣，猛扇幾下長長的大翅膀，逆風向坡下飛去。

金雕像一片烏雲，在山旮旯裡彎了彎，飛出了山口。

3

羊群跑散了，滿山坡都是咩咩的叫聲。黃黃吠著，領著狗群滿山遍野地跑，收攏驚散的羊群。牠的頭有些眩暈，心裡想嘔，一叫震得腦袋痛。

救狼叼兒時，大雕一翅拍在牠頭上，拍得可不輕。輕度腦震盪？這是該臥下靜養幾個時辰的，然而，這個時候，誰還顧得上牠！牠也不顧這些，只是努力驅趕亂跑亂鑽的羊兒。

太陽仍然噴煙吐火，亮得耀人眼目。山坡上雖然有些微風，一跑起來，還是熱得喘不過氣來。

狗兒們吐著長舌頭，呼哧呼哧喘著，跑過來，躥過去，肚子就跟風箱似的劇烈起伏。

牠們不嬌氣，不偷懶，還是拚命地跑，配合黃黃圍追堵截。黃黃受了傷——這從黃黃的神色舉動中就能看出，牠不得不加倍努力。羊，一隻都不能丟，羊倌立下的規矩，也早已在牠們頭腦中根深蒂固了。

老羊倌在山坡上找到一種葉兒圓圓的小草，把它嚼成漿，塗敷在狼叼兒胳膊上。狼叼兒的袖子挽了起來，胳膊上一片青黑色的傷痕中，破了一大塊，沁出了鮮紅的血。狼叼兒一邊齜牙咧嘴地吸冷氣，一邊結結巴巴地向老羊倌講述鬥雕的經過。那隻公羊早已氣絕身亡，軟軟地癱在狼叼兒身旁。

「黃黃被大鳥拍了一翅，我一看，連黃黃也敗了，這還行？急忙衝上去給了怪鳥一拳，這不，黃黃保住了，我胳膊上不知怎麼流了血……」

老羊倌沒看清人和狗怎樣同大雕搏鬥，不完全相信狼叼兒的話，但他覺得今天狼叼兒的表現的確不錯。他一邊給狼叼兒仔細抹藥，一邊不時插上兩句：

「好……這草叫石荷葉，散淤止血……好……真行。」

兩個羊倌忙著，聊著，一點兒也不擔心羊群。有黃黃在，他們心裡很踏實。

小獅子狗幫黃黃追了一陣子羊，煩了，倦了，叼著幾根翎毛跑過來，放在牧羊人腳邊，撲上撲下地鬧著玩兒。牠知道牠的頭兒是怎樣的神勇，牠正模仿著黃黃學習撲雕。

狼叼兒的胳膊上塗了一層黏糊糊的綠漿，看上去很骯髒，卻不流血了。兩個牧羊人很興奮，找了一片灌木陰涼處，坐下抽起煙來。天還很熱，時間也早，午睡橫豎是睡不成了。

羊群終於收攏到了一起。咩咩叫著，彼此擠著，摩擦著臉和脖子。

狗兒們熱壞了，圍著羊群轉了幾圈兒，見牧羊人坐下了，也急忙找片陰涼，臥了下去。牠們大張著嘴巴，恨不得一下子呼盡身體裏積蓄的熱氣。

泥鰍臥得離羊倌兒最近，雖然也熱得舌頭吐出很長，但每當羊倌向牠投來一瞥，牠還是撲撲地搖搖尾巴，向主人表示敬意。

黃黃臥得最遠，閉上眼睛，吐出舌頭，呼呼地喘息。牧羊人絮絮叨叨的談話順風傳來，牠聽到了許多聲自己的名字，牠知道他們的話有些是關於牠的，但牠毫不理會。牠救下了主人，救下了山羊，還帶著狗群把羊兒們攏到了一起，這就行了。完成了任務，管他主人說些什麼。

羊群散發出來的膻氣很濃烈，熏得牠直想嘔，牠也沒有動一動，挪挪地方——牠實在不想動了，頭昏沉沉的，心裡煩得很。只希望羊群都閉上臭嘴，讓牠安靜地臥一會兒。

動物活命的本能告訴牠，牠必須休息，必須靜養了。

四、狼蹤

1

又是一個星斗滿天的夜。

羊群臥下了。飛揚的塵土漸漸散開去，空氣又清新起來。小獅子狗獅獅臥在狼叼兒腳邊，大狗兒們也找好了守夜的崗位。只有花花還在圍著臥場轉，牠想找一個既隱蔽又開闊的地方，但牠不知道到底什麼地方好。

黃黃早就隱沒了，花花很想臥在牠的身旁，羊倌不允許——老石頭早就馴教過牧羊狗，下夜時，不能擠在一起。必須圍著羊群散開，各自監視一個方向。

夜風悠悠地吹起來。

一隻狗——是泥鰍吧，在羊群那邊打了個噴嚏。

四、狼蹤

「石頭叔，牧羊狗怎就這麼苦呢？命中注定……要是牠們見了人家警察的警犬，見了外國娘兒們懷裡的狗，該想什麼？」

狼叼兒捲了一支煙，點著了火。他和老石頭坐在地堰下避風。

老石頭也在抽煙，他抽的是一隻用銅頭小煙鍋裝的旱煙。狼叼兒的話使他很高興：這小子也知道心痛牧羊狗了。

「什麼也不想……不是說牧羊狗們沒頭腦，是牠們對主人太忠了……正是這個忠心，生活再苦再累，牠們也跟著主人。唉，狗呵，年年月月……」

「聽說外國已經淘汰了牧羊狗，駕著直升機放羊了……」狼叼兒急忙吐出一口煙，打斷了老羊倌的話。他怕老頭兒嘮叨。

「駕直升機？那得花多少錢……也得看在哪兒。在大山裡放幾百隻羊，也值得用那玩意兒？」

「是在……澳大利亞。」

狼叼兒念過初中，識字，隱隱約約記得在一本雜誌上看到過一張照片，照的是一架直升機停在羊群旁。但那直升機是不是用來放羊的，他就不知道了。

「澳大利亞在哪兒？前兩天來的那個探勘隊員不是說，有個加拿大，人家培養了一種牧羊狗，白毛，模樣大小也都像羊，平日就跟羊混在一起。狼遠遠地分不清哪是狗哪是羊，高高興興跑過來，還沒張嘴，嘶，脖子被牧羊狗咬住了——那不也是外國，不也是在用牧羊狗放羊？」

前兩天，確實有一個過路的探勘隊員跟老石頭聊過。可是，老羊倌忘了，狼叼兒那時不在跟前，回村去了。

「厲害！喔，厲害……石頭叔，那白毛牧羊狗若碰上咱黃黃，哪個更神氣？」

老羊倌瞪了狼叼兒一眼，在鞋底上磕了磕煙袋鍋，沒再說話。他聽出來，狼叼兒其實是在搭訕，沒話找話。

真沒意思。

山坡上沉默了。過了一會兒，一支山曲輕輕飛起來。那山曲唱的是牧羊人和牧羊狗的生活。悠悠的，長長的，有悲愴有辛苦，也有沉浸在大自然中的甜蜜。……這是老羊倌唱的。年輕的時候，他曾是這一帶有名的歌手。

山曲在夜空中翩翩飛翔著。花花早已在什麼地方臥下了，羊兒們支起耳朵，彷彿在欣賞主人那蒼老的歌喉。

夜，顯得更寂靜了。

狼叼兒連著捲了幾支煙，滿嘴苦滋滋的，覺得有些無聊。看看靠著地堰唱歌的老羊倌，悄悄站起來，走開了。他心裡有點兒煩躁。

片刻之後，「撲」，一堆柴火扔在了老羊倌面前，把老羊倌嚇了一跳。扭頭看看，狼叼兒站在身旁。

「石頭叔，嘗嘗新吧！」

天雖然還熱，按節氣，也已立秋了。春玉米灌了漿，紅薯蔓下也長出了小薯塊，正好燒來吃。

「那怎麼行？不怕招來狼豹？」老羊倌有點兒猶豫。他知道，現在的狼豹並不十分怕火，而一點著火，狼看得見人，人看不著狼。

「把火攏小點兒。再說，還有黃黃牠們守著……晚上吃得少，我有點兒餓了。」

老羊倌沒再說話。他不能讓狼叼兒餓著。

地堰下，一個小火堆燃了起來。火苗忽閃忽閃，把羊群和臥場照得忽明忽暗。

2

在一塊大石頭的黑影裡。黃黃靜靜臥著。

牠很愛聽老羊倌的小曲。雖然聽不懂小曲的詞，小曲的旋律卻能在牠心上激起一片片浪花。聽到歡快的節奏，牠的心激盪，像鳥兒飛上了明媚遼闊的藍天；聽到憂愁的音節，牠的心沉重，彷佛茅草被綿綿的秋雨壓低了頭……

動物們的記憶力比人強得多。黃黃的命運很坎坷。出生不久，若不是碰上老石頭，牠的小生命險些被激流奪去。從那時起，牠跟上了這個牧羊人：接受老石頭嚴酷的調教，吃一塊塊粗糙的高粱餅，在泥裡水裡看護羊群……

黃黃很能幹！可正因爲能幹，牠常常要擔負比別的狗更多、更危險的任務。牠對此並無怨言，甚至還很高興。作爲一條能幹的狗，牠的自尊心也很強，牠希望能得到主人的體貼和尊重，極不願意被看輕，更不能忍受平白無故的欺侮——這其實是任何一條威猛剛強的大狗都不能忍受的。這樣，牠便很少能討得主人的歡喜，而鞭笞棍打卻常常落在牠身上……

出了力，賣了命，卻不能得到主人的愛護，還有什麼比這更傷心的呢？黃黃的鼻孔酸酸的，心隨著羊倌悠悠的小曲飛出很遠很遠。

夜風悄悄地刮過，星星在夜空中閃爍，只有不知憂愁的蟲兒在黃黃身邊的草叢裡淺吟低唱……

過了許久，黃黃忽然覺得周圍寂靜異常，猛地睜開了眼睛。牠發現，臥場邊燒起一堆小篝火。老羊倌的小曲不知什麼時候住了口。

牠抬起頭。看看天，滿天星宿在消退，已到後半夜了。牠又瞅瞅四周，沒發現什麼，便把頭重新枕在前爪上，閉上了眼睛……

四、狼蹤

驀地，牠鼻翼微微抽動了幾下。

狼！夜風裡，有一絲陰森森的狼腥氣。

狼？黃黃哆嗦了一下，倦意頓時消去，疑惑地揚起鼻子，在東一股、西一股的風中搜尋。一對尖尖的耳朵緊張豎起，急急變換著方向……

又一股狼腥氣！

狼！狼！黃黃緊咬牙根，忍住渾身筋肉的顫抖，霍地站起，悄悄地，沒弄出一丁點兒響動。牠想弄清狼在什麼地方……

夜色沉沉，蟲兒還在合心暢意地鳴叫。山風悠悠地刮過山坡，並沒激起什麼漣漪漩渦。可是，狼來了……

小篝火的火苗忽閃忽閃地閃動，黃黃齜出牙，向後攏起耳朵——牠忘了自己的不痛快。要廝殺了！

3

「汪！汪！汪！」

「汪！汪！」

半截尾巴第一個大叫起來，花花緊跟著扯起粗嗓門，狗群隨即瘋吼成一片。小獅子狗也嗅到一股毛骨悚然的氣味，嚇得嗷嗷哀號，一頭扎到羊肚子底下。

老羊倌驚恐地抬起頭。他和狼叼兒正偎在火前啃玉米。火堆邊的黑灰燼裡，還埋著幾塊紅薯。

「汪！」一頭狗黃黃衝著炸了窩的狗群叫了一聲。牠對這樣胡咬亂叫很不滿意。

忽然，羊群呼啦啦分成了兩半：一隻狼從地堰下躥上來，撲進羊群，叼起一隻羊羔兒跑了。

花花嗖地彈出，整個狗群狂吠著猛撵上去……

這一切幾乎同時發生。僅僅是一剎那！

黃黃沒有追，就在這一瞬間，牠弄明白了。來了不止一隻狼，是兩隻——牠的老對手，那一對！

兩個下夜羊倌急得站在地堰上大聲呼叫。

「打狼喲——打狼喲——啊——嗚！啊——嗚！」

他們想嚇唬狼。可是，狼見識多了，根本就不在乎這種呼叫，自然也不會乖乖把羊羔給他們丟下。

老石頭正急得團團轉，忽然看見黃黃站在黑影裡，沒動窩，心中大怒：

「黃黃，快！狼，羊！優種羊羔叫狼叼走啦……」

「汪！」

黃黃頸毛蓬起，應了一聲，沒有動。

「那邊，那邊，狼！一會兒就看不著了！」老石頭揮著鞭桿子，頓著腳喊。

「汪！汪！」黃黃急躁地吠了兩聲，仍沒有動。牠覺得，牠不能動！

「嘿！老主人還說你忠心呢，這不，連老主人也支使不動了。」狼叼兒撇了撇嘴。這關口，他也不忘說句冷嘲熱諷的話。

「他娘的，養你幹什麼！」老石頭一下子跳到黃黃跟前，掄起鞭桿子就打。黃黃沒有防備，一跳，腿上挨了一下。

「汪！」黃黃狂叫一聲，跌倒了。

人們說，狼和狗都是銅頭鐵背麻稈腿。那腿沒有多少肉，很容易骨折。老羊倌沒用多大勁兒打，黃黃的腿也沒有骨折。可那腿卻像骨折一樣痛。牠一骨碌爬起，腿一軟，不由得齜出了牙。

「哼！你還敢咬我？他娘的……」老石頭見黃黃齜出了牙，一驚，後退了兩步，定定神，又掄起了鞭桿子。

「狼來了！又一個，又一個！」狼叼兒大喊起來。

老羊倌斜一斜眼，一條黑影從高高的地堰頂上飛竄而下，跳進了羊群——這是另一隻狼，牠早等在那兒了。

「狼叼兒，啊，國富，快，快把羊兒攏住，快！」老羊倌急得嗓子跑了調兒，再也顧不得黃黃了。

然而晚了，那狼，一條母狼，就在牧羊人懲治牧羊狗時，叼住一頭大綿羊跳下地堰，鑽進了朦朧的夜色中……

4

黃黃嗅著母狼留下的足跡，一瘸一拐地飛跑。夜色中，那臊味兒忽東忽西，在山梁、山谷間兜圈子。牠追了一程，看出了母狼的用意，便拋開足跡，直插下去……

牠的後腿又酸又痛，不敢著地。但牠咬著牙，硬使那腿著地，不然，三條腿不平衡，怎麼也跑不快……

從小當牧羊狗，保住羊，不讓羊丟失，成了牠根深蒂固的意識。在主人打牠時，牠心裡確實騰起過一股火氣。但當狼叼走了羊，牠的火氣熄滅了，跳下地堰就追——總不能讓狼在牠眼皮底下把羊叼走呀！牠心裡沒了怨也沒了恨，只剩下了急、急……

夜色中，一條大黃狗搖搖晃晃，時而跳，時而蹦，拖著一條傷腿在山石荊棘間飛竄。

這時候，叼羊羔的那隻大公狼，早已拋下羊羔，正空身爬山梁、越山谷，在莽莽草叢

中奔馳。

小羊羔沒有多少肉，撕下來，還不夠牠、母狼和窩裡的崽子們吃一頓。那不過是引開牧羊人和狗眼睛的誘餌。

牠身後，晨與夜交替的薄暮中，已沒有騷亂和犬吠。泥鰍和半截尾巴被遠遠地甩下了，只有身高體大的花花還攆著，但也氣喘吁吁——狗有長跑的耐力，卻遠遠賽不過狼。公狼和花花打過交道，知道花花的厲害，本想逗引花花長跑幾圈，拖垮牠。看看天色將要放明，擔心母狼不能得手，便焦躁地直插下去，接應母狼。牠以爲，如果只有花花一條狗跟蹤，還是比較容易對付的。

夜色朦朧中，花花看不清公狼的身影。但牠知道，公狼就在前面。山梁、山谷中潮潤清涼的空氣，散發著如此強烈的狼腥氣，牠用不著眼睛就可以跟蹤。

泥鰍和半截尾巴不知什麼時候落到了後面，已經一點也聽不到牠們的喘息聲了。花花心裡感到一絲孤單，一絲兒怕，但牠還是盡力地擺動四條腿，追、追……

花花此刻只有一點焦急，這就是：牠不知道牠最可靠的伙伴黃黃在哪裡。

「叮零零零零」，拂曉前的黑暗中，花花追趕著，在荊棘和山石間顛簸，頸下的脖鈴兒灑下一串串急急的脆響，在青牛嶺下漸漸遠去……

母狼叼著綿羊一路飛跑。

說是叼，並沒有下口狠咬。狼奸猾得很，三四十斤重的一隻大綿羊，叼著哪能跑得動？牠只是用尖尖的獠牙咬穿綿羊頸毛鬆厚的皮膚，嘴一扯，綿羊便乖乖地跟著跑。

綿羊跟山羊比，被人馴養的時間長，熟化程度高，性情也更怯懦。狼嘴邊的這隻羊，聽著狼的呼吸，嗅著狼嘴裡的臭氣，早嚇迷糊了，只要瞅見個黑影兒，便四蹄生風地跟著竄。

母狼又喜又怕。幾天來，牠和公狼跟著這群羊轉，躲躲藏藏，擔驚受怕，沒想到得手竟這麼容易……可是，黃黃到底追來了。牠跟黃黃較量過，深知這狗的驍勇。

為什麼不再等老羊倌打黃黃幾下呢？當時，牠聽到黃黃的慘叫，竟變得迫不及待……牠不敢直截了當地叼著綿羊直奔老窩，便在山野裡東一圈西一圈地兜圈子，指望弄亂足跡，甩掉黃黃。

5

然而，這隻聰明的母狼又犯了個錯誤。

不知道又兜了多少圈，母狼忽然聽到身後有咻咻的喘氣聲，回頭一看，嚇呆了：一條大黃狗齜著尖牙，目光兇兇地趕到了屁股後面。

這是黃黃！這條兇神是怎麼跟上來的？母狼頭暈了，再顧不得兜圈子，夾著尾巴跑到

了綿羊前面。

綿羊還在風一般地跟著母狼跑，黃黃忍著後腿的酸疼，努力加了把勁，趕上了這蠢東西。正思謀著怎樣截住往回趕，一條黑影從草叢裏躥出，猛一下撞在牠身上。黃黃倒下了，被摔了個仰面朝天。

這是公狼，牠及時趕到了。

公狼的前胸被黃黃撞得很痛，收住腳，見黃黃在草叢掙了掙沒能站起，急忙張開大嘴向黃黃咽喉咬去。黃黃怒火沖天，扭過頭，威嚴仇恨的目光和公狼的視線碰到了一起。公狼心裡一驚，嗖地跳到一邊。牠害怕黃黃，倒在地下的黃黃也能把牠嚇一跳。牠不敢再咬黃黃，見綿羊跟在母狼屁股後邊跑，急忙追了過去。

黃黃一條腿酸痛，費了很大勁才從地上爬起。牠窩了一肚子火，自打放羊以來，還沒吃過這樣的虧。牠齜出牙，顛動著三條好腿，「嗖」地從草叢裡跳出，向前面慌慌張張逃竄的黑影追去。今天，牠要和狼拚了！

狼雖然帶著綿羊這個累贅，但黃黃卻是三條腿了。漸漸地，黃黃被狼甩下來，越甩越遠。黃黃正著急，聽到後面不遠處有一個熟悉的脖鈴兒響起，急忙叫了一聲。

花花聽到黃黃的叫聲，歡喜得大吵大嚷，在腿上加了把勁，急急衝過來，險些把黃黃又撞個跟頭……花花親暱地和黃黃並排跑，不斷扭頭看黃黃。牠很奇怪黃黃怎麼會跑得這麼彎扭、這麼費力。但當牠看到黃黃焦躁不滿的眼色，終於明白了。牠不再遲滯，用一把力，竄到了前頭。

此處已遠離臥場，翻過前面的那道大山梁，是一條荒僻的大山谷。山谷裡荊棘遍地，怪石嶙峋，深草中的小徑曲曲彎彎。牧羊人和牧羊狗很少到大山谷裡去，去了的也很少能回來——那兒是狼群的老窩。

黃黃大口喘著氣，捨了命似的奔跑。牠希望花花能在進入大山谷以前追上狼和羊，纏住牠們——別看自己的腿腳不方便，只要花花能纏住狼，牠自信能把牠們制服。

翻過大山梁，前面傳來了野獸們的廝打聲和「汪汪」的狂叫聲。黃黃興奮起來，循聲趕了過去。

一大片深草倒伏了，倒伏的深草上，花花和公狼轉著圈兒撕咬。花花受了傷，公狼身上也有幾處鮮血淋漓。可是母狼呢？綿羊呢？

山坡下，就是黑幽幽、神秘莫測的大山谷了。

好狡猾的狼啊！

黃黃滿腔仇恨地撲了過去。

公狼看見黃黃，「刷」地跳出「戰場」，慌忙鑽進深草中。花花要追，也鑽進了草叢，黃黃叫住了牠。

四、狼蹤

前面是下坡，狼很熟悉這一帶地形，花花不一定能追上狼。就是追上了又怎麼樣呢？一條狗，特別是花花。是很難咬死一隻狼的。何況，母狼已經跑了，綿羊也沒了蹤影。

山坡上的深草泛起一朵朵浪花，急急向山坡下滾動……

天邊漸漸出現一縷灰白的亮光，夜色淡了。山坡上的草和灌木枝葉分明起來。一陣潮潤的晨風吹過，草和灌木的葉子上掉下許多露珠，「噗嚕」、「噗嚕」，掉到草根下，不見了。

花花打了個哈欠，臥下來，開始舔身上的傷口。牠舔得很仔細，把每塊傷口上的泥土和血污都舔了下來。牠這是在清洗傷口和消炎——動物不會找醫生，牠們的唾液裡有殺菌消炎的成分。幾乎所有的高等哺乳動物都有自我治癒的本能。

黃黃心裡很憤懣。牠顛動著三條腿奔跑了半夜，險些被狼咬死，綿羊卻沒有奪回來……如果羊倌能識破狼的奸計，如果羊倌不打傷牠的腿……牠不願再想下去。

牠把前腿併起，弓腰往後一坐，伸了個懶腰。牠還想抖一抖身上的皮毛，抖落奔跑中沾上的蒼耳子、草籽和塵土，但牠停住了。牠聽到清涼涼的晨風中傳來了幾聲狗叫。

泥鰍和半截尾巴找來了……

五、鬼門關

1

世界上的事情很複雜，恩恩怨怨，曲曲折折，沒完沒了……

又是一個大晴天。

夜裡丟了一隻羊，兩個羊倌很不快活。他們感到丟人——附近各個村寨的牧羊人都知道青牛村人強狗壯，現在他們卻中了狼的奸計，栽了個大跟頭。

這怨誰呢？是他們硬要驅趕黃黃追前面那隻狼，是他們敲傷了黃黃的腿……

倆羊倌悶聲不響地把羊趕到一處陰坡上，任羊兒散開去吃草，他們找塊陰涼坐了下來。

小獅子狗獅獅開始搗蛋，在草坡上跑過來跑過去，一會兒和羊羔們嬉鬧，一會兒追蝴

蝶逮蚱蜢，就沒個閒的時候。

玩了一會兒，又跑過來和威嚴的頭狗兒撲鬧。先是叼著黃黃的尾巴拽，見黃黃不理牠，又咧開嘴，裝出一副兇狠的樣子，往黃黃身上撲。黃黃扭回頭，牠撒開腿就逃，然後又蹦手蹦腳地回來……

老羊倌點上一鍋煙，看著獅獅頑皮的樣子，心裡的氣不由得冒了出來。

「國富，你這小獅子狗也該訓練訓練啦！」

「訓練訓練？你不看看，牠是放羊的種兒？」

狼叼兒的話也很衝。他解下頭上的花手巾，正在擦脖子上的汗。今年這天氣也真怪，都這時候了，天還這樣悶熱。

老羊倌被煙嗆了一口，吭兒吭兒地咳嗽了半晌，好容易才又張開了嘴。

「不管什麼種兒，既來吃放羊這碗飯，就得有個放羊的樣兒……總不能狼一來，就嚇得鑽羊腿襠吧？」

「那麼，你說怎麼辦吧。」

「找張狼皮，蒙在身上，逗牠。開頭不能兇，牠走過來你就跑，然後給牠點兒食物，鼓勵鼓勵，慢慢就不怕狼了……黃黃小時候，我就這樣訓練過牠。」

「獅獅不是黃黃，一輩子也只能長這麼大……還能指望豆芽兒挑大梁？」

老羊倌猛地從嘴裡拔出煙袋嘴，在鞋跟上磕了磕，火星兒撒了一地。

「我知道獅獅長不了黃黃那麼大，可狗小不應該膽子就小——狗比熊小得多吧，訓練出來，照樣敢跟熊拚命。有個老獵人，養了一條狗，那狗膽小得很，見了熊嚇得叫不出聲，人家不是硬把狗馴好了……那老獵人馴狗的方法，跟咱差不多。」

狼叼兒不說話了。他知道老羊倌說的是一個日本電影中的故事。他相信這個故事，同時也有些心虛。昨天晚上，是他嘴饞，鬧著要點篝火；又是他添了句壞話，黃黃挨了打。

倆羊倌又沉悶起來。

山坡上一點兒風都沒有，太陽熾熱地照耀著。

2

俗話說，「禍不單行」。人們在不痛快的時候，往往會沉湎其中，忘了其他，從而釀成另一個大禍。倆羊倌現在就是如此，他們忘了一項重要工作。

獅獅還在和黃黃撲鬧。

黃黃有些煩，這小狗怎麼鬧起來沒完沒了？牠的腿還有些痛。牠站起來，想溜到一邊去，卻忽然發現獅獅有了新玩意兒：獅獅在前面草叢中猛地一躍，又回頭去細看草叢……

黃黃抽了抽鼻子，一股涼森森的異味在飄動！牠心裡一驚，急忙趕了過去。

五、鬼門關

果然，獅獅在細看一條蛇。那蛇就藏在草根下，灰褐色的身軀上布滿暗色的網紋。蛇抬起三角形腦袋，正迅速游動起來，一雙小眼睛盯牢獅獅的臉，隨著獅獅的臉晃動。微張的嘴裡，嗖嗖吞吐著紫黑色的信子。獅獅呢？小眼瞪得溜圓。牠覺得很有趣，牠還沒有見過這種長長的、肉棍兒般的動物。

黃黃的腦袋驟然發麻了。家畜中，除了豬和馬，誰敢惹這種毒玩意兒？「汪！」牠大叫一聲，猛撞過去。

小獅子狗沒提防，被撞了好幾個滾，迷迷瞪瞪地尖聲吠叫起來。黃黃想跳開，但沒能做到，就在這一瞬間，牠的前腿彷彿被一把大槌子擊了一下。

「蛇！」黃黃打了個寒噤，收住腳，扭過頭，狂怒地向那條蛇撲去。牠知道自己受了致命傷，牠見過被這種蛇咬死的羊……

那蛇游動著身軀，想要溜走，黃黃一腳踩住了牠。蛇尾巴撲撲亂抽，接著又抬起腦袋。黃黃不容蛇扭過頭來，閃電般地一甩脖子，把蛇咬成了兩截！

花花急匆匆地衝過來，見是蛇，也急忙上前連撕帶咬……頃刻間，那條一米多長的肉棍兒變成了血淋淋的幾段。

黃黃嗅嗅蛇，圍著蛇轉了幾圈。忽然覺得心慌得很。是剛才動作太猛，還是蛇毒開始發作？前腿上的傷口離心臟是很近的。牠垂下頭，閉上了眼睛，想稍微休息片刻。

「汪!汪汪!」

花花叫起來。泥鰍和半截尾巴從草叢中站起,怔怔地看著,眼睛裡流露出疑惑。只一瞬間,便不約而同地跑了過來。只有獅獅不懂事,好奇地把蛇屍撥來撥去,咬咬這段,啃那段,不時翻翻白眼……

牧羊人也跑過來了。他們發現黃黃在大口大口喘氣,黏黏的、透明的口水從嘴角滴滴答答淌下來,全身似乎已沒了力氣。

老羊倌扔掉煙袋鍋,跪下捧起黃黃前腿,腿上正順著毛兒流淌下一灘紫黑色的血,血上面有一片紅腫,老羊倌撥開黃黃腿上的毛,紅腫的中心是一對錐子尖般大的眼兒。老羊倌的心抽緊了,急忙查看地上的蛇頭,獅獅正啃著。草上飛!黃黃被這傢伙咬了!

老羊倌慌忙站起,一腳把蛇頭踢飛出去……牧羊人都清楚,草上飛也叫蝮蛇,毒性大得很。人和牲畜被牠咬了,十有八九必死——也有搶救過來的,但在這人煙稀少、交通不便的深山裡,到哪兒去搶救呢?

「黃黃,咱們怎麼辦,怎麼辦呢?」老羊倌兩手交替著亂搓。他能治羊的外傷內傷,也能治人的小毛病,卻治不了狗被蛇咬傷——丟了一隻羊,再丟一隻狗……這可不是一般的狗呀!剛才,他怎麼就忘了草坡上會有蛇呢?糊塗!真渾透了呀!

原來,夏天,高爽的陰坡上毒蛇比較多。特別是天氣悶熱的時候,蛇都不進洞,常在

石頭旁和草棵子裡乘涼。在這樣的山坡上放牧，必須小心，必須先趕著羊把草踩幾遍，把蛇驚跑，趕進洞。可他們竟忘了。

是被老羊倌喚醒了？黃黃睜開眼睛，亢奮地抬起了頭。牠想起一件事，還應該到各處看看——這條蛇死了，山坡上是不是還有蛇？牠舔了舔老羊倌的手，搖搖晃晃地跑起來。鑽進青青的深草，撥開密密的灌木叢，嗅著每一道石縫和每一個土洞……山坡上，金色的陽光照著一個忙碌然而腳步虛浮的身影……

「汪，汪汪！」群狗吠叫成一片，叫聲裏充滿悲愴。

「黃黃！黃黃——」老羊倌熱淚盈眶。他打過黃黃，但現在就要和牠分手了，心裡不能不動情。畢竟，牠和他朝夕相處過。

狼叼兒也看出來了。這垂死的狗在找蛇，爲護羊出最後一把力。他也有些激動。

遠處，黃黃一個踉蹌，跌倒在山坡上。

「國……國富，快去看看黃黃，看看還有救沒有？……一條好牧羊狗，二十隻大綿羊也換不來呢。」

狼叼兒早聽說過，無論在國內國外，一條好牧羊狗，有時比整整一群羊的價錢還貴。他跑了過去，他曾往死裡打過黃黃，但現在他真切感到，放這群羊不能沒有黃黃。況且，從心裡說，他似乎也有些對不住黃黃……

狼叼兒扳起黃黃前腿，看看傷口，又摸摸心跳。黃黃睜了睜眼睛，又閉上了。牠全身乏力，噁心欲吐，頭腦卻還很清醒。牠不喜歡狼叼兒，卻也不喜歡死，牠覺得此刻的狼叼兒沒有一絲惡意——動物和人是靠感情建立聯繫的，人的善惡之心，動物能很敏銳地感知。

其實狼叼兒並不懂醫道，但他很鎮靜。他把黃黃扳過來翻過去，其實是在想主意。鎮靜幫助了他，他想起哪本書上好像介紹過被蛇咬傷後的急救辦法。

「來，來，石頭叔，你抱住狗脖子，別讓牠咬我。我給牠放放血，把毒擠出來。」

「行，行……能行麼？」

老羊倌不懂放血的奧妙，但還是加快了腳步。

狼叼兒撿起一塊有尖有稜的石塊，一下下割起黃黃被蛇咬破的腿。黃黃感到腿上一陣鑽心似的痛楚，忍不住大叫起來。牠蹬了蹬腿，睜開眼，看到老羊倌摟抱著牠，便又閉住了嘴。

牠在發燒，全身的肌肉都很僵硬，但仍痛得索索地抖——用一塊石頭慢慢割破皮肉，誰能受得了？不過，牠知道人們在救牠。

終於，黃黃的腿被割破了。狼叼兒卻很失望，皮破處擠不出多少血，那兒沒多少軟組織。狼叼兒有些急。眼一瞥，看到老羊倌腰上別著的煙袋鍋，又有了主意。

「石頭叔，把你那煙袋鍋拔下來，弄點兒煙油。」

老石頭眼亮了。他聽說過，被蠍子蜇了，抹上煙油能消炎去腫——蠍子毒是毒，蛇毒不也是毒麼？

骯髒的、黑褐色的煙油，黏糊糊地塗在了黃黃的腿上，沒有產生什麼奇蹟。黃黃的頭越來越沉，眼皮似乎也睜不動了，身上開始出現水泡和紫紅色的血斑。這可是個危險的症候。

狼叼兒無可奈何了，他第一次感到自己的知識少得可憐。

「國富，背上黃黃，趕著羊，到那條溪邊去……多給黃黃灌些水，我去採藥。」

老羊倌果斷地說。他已有了辦法，拿起羊鏟，一溜煙地走了。

3

老羊倌採了許多草藥，怕還不夠，又向山坡高處爬去。

他不知道該給黃黃吃些什麼草藥。但他想，總不能眼睜睜地看著黃黃死吧？狼叼兒做得對，遇事不慌，趕快想辦法……沒有醫生，再不想辦法，黃黃就只有死了。

他採了興奮神經的曼陀羅花，挖了清熱解毒的萱草根，揪了消炎利尿的拉拉藤、半枝蓮、鬼針草……一路上，凡是能解毒消腫的花花草草，他恨不得都採下來。這裡面，說不準有幾種能讓黃黃起死回生……

他急急地走，慌慌地爬，手裡揪著藥草，眼前卻總是晃動著黃黃的影子。對黃黃，他有時給個面子，多餵一點兒，但那是爲了放羊，說不上喜歡。可不知爲什麼，在這時候，往事偏要襲上他的心頭……

老石頭剛剛看到黃黃時，黃黃還是個沒斷奶的小狗娃娃。他一眼就被這小狗娃娃吸引住了。長長的腿，大大的腦袋，尖尖的耳朵，一看就是條好牧羊狗的品種。

但是，光品種好就行嗎？他放了一輩子羊，知道狗要長出個好身材，還必須從小餵好。他給牠擠羊奶，熬麵糊，揪野菜……山裡窮，餵不起肉，他就到處給牠撿骨頭、熬骨頭湯、砸骨頭粉——骨頭中有讓黃黃長成大個子的鈣質。

黃黃小牙長硬了，能啃動東西了，他讓牠沒事就啃骨頭，練嘴巴咬斷硬物的能力——要想讓黃黃長成爲一條好牧羊狗，沒有一副強硬的牙齒怎麼能行？

幾個月以後，黃黃長成了半大的狗，能顛顛地跟著大牧羊狗們跑了。他開始訓練牠膽量，訓練牠放羊。

羊兒有集群的習慣，可還臥場的時候，也免不了有那嘴饞的、性野的，悄悄跑出群。每逢這時候，他就趕黃黃去攆牠們。

一開始黃黃不明白是怎麼回事，他就帶著黃黃攆，叫其他大狗當著黃黃面攆……他老

石頭心腸好，可要求狗兒們卻很嚴格。黃黃有時不好好學，懶，他從來不吝惜手裏的鞭子。而黃黃學什麼都學得快，看羊出了力，他寧可自己不吃不喝也要犒賞牠。漸漸地，黃黃不僅學會了看羊，還養成了做什麼都很認真的好習慣。

當然，黃黃這狗也確實要強，聰明，別的狗幾個月才能學會的東西，牠幾天就會了。爲這，牠少挨了許多打。老羊倌放了一輩子羊，馴出了十來條牧羊狗，沒有哪一條像牠這樣機靈……

黃黃出落成一條大狗。牠靠自己的力量、勇猛和聰明，贏得了其他狗的信服和尊重，成了青牛村的頭狗。這使老石頭很高興，從此不再在狗群面前呵斥牠，責打牠。他覺得，他應該給頭狗一個面子，維護牠的威信。

但漸漸地，他又覺得黃黃有些太倔強，太自負，有時候似乎並不那麼聽話，這常常使人不大喜歡。就拿那天夜裡來說，狼叼兒雖不該發那麼大火，可你黃黃就該瞪眼齜牙，還要撲過去咬他？他怎麼說也是你的主人啊！狼來的那天晚上，你黃黃竟還敢衝老主人齜牙，這未免就有點兒大逆不道了……

「唉，黃黃，你要是溫馴點兒，該多好哇。」

老羊倌常暗自搔頭，但是，該怎樣馴養出又溫馴又厲害、又能幹又會討人喜歡的牧羊狗呢？他也不知道。

不過，不管怎麼樣，在艱險的下夜牧羊中，黃黃幫了他的大忙。他現在還一點也離不開牠。他必須救牠，不能讓死神把牠拉了去。至於今後怎麼調教黃黃，讓黃黃服帖溫馴，那只能是今後的事。

老羊倌在山坡上爬，爬……汗水把常年不離腦袋的油膩膩的帽子濕透了，手上被荊棘扎得鮮血直流，還是不敢停下來。

他早脫了褂子，那褂子包了一大包藥草，就纏在他的腰上……還要找什麼藥草？他不清楚，只覺得採到的藥草還不夠，還差好幾味。他心裡有一團火。這火燎得他跑了東山跑西山，爬了南坡爬北坡，急急地走，急急地爬……

時間每過去一秒鐘，黃黃都在向死亡的深淵靠近一步呵！

山坡上的一塊大石頭下，長著一片七葉一枝花。那花兒瀟瀟灑灑。在微風中向他點頭致意。老羊倌抬起頭，眼睛亮了。他沒用過這種開著綠色花兒的草，但他聽人說過，這種草的根可以消腫解毒，活血散淤。

他爬上去，數了數，簇生在一個節上的葉子果然是七張，急忙用羊鏟挖起來。一棵、兩棵、三棵……「咯吧」，羊鏟柄折了，老羊倌用力太大，一頭撞在花前的石頭上……

山野裡靜悄悄，草、灌木和一塊塊露出頭角來的大石頭上，蕩漾著一片炫目的金黃。一隻美麗的花蝴蝶揮動著大翅膀，忽而落在這裡，忽而落在那裡，無聲無息，輕輕盈盈，

彷彿一陣小風就能把牠吹翻。

4

黃黃完全陷入昏迷，眼前出現了一片幻影。

蝮蛇的血循環毒素使牠內臟和腦膜出血了，正推著牠向死亡的邊緣滑動。可牠不知道，只覺得自己在一條坎坷不平的路上走，周圍一片黑暗。

「這是在守羊下夜？」牠想。卻又奇怪，那牠這是去幹什麼？

這時候，前面影影綽綽有一個什麼東西在跑。

「狼？」牠追了上去。狼叼了羊兒，這可需要牠這牧羊狗認真對付的。牠想跑快一點兒，然而四肢乏力，渾身骨節酸痛。

追呵，追呵。前面到了山谷盡頭，三面岩壁陡立，就這一面有一條小路彎彎曲曲。黃黃高興了，狼跑不了了，牠準備廝殺。

然而，當牠跑到黑森森的山谷底，黑影沒有了。黃黃有些茫然，轉著圈兒在山谷裡尋找。到處怪石嵯峨，荊棘叢生，怎麼也看不到狼的蹤影，牠又急起來：「羊兒呢？狼叼的羊兒呢？」

找不到羊兒，主人是要生氣的。找，快找！

黃黃在黑沉沉的山谷裏竄來竄去，沒完沒了地轉起來——牠並不是怕挨主人打，牠是怕失職。作爲一條牧羊狗，怎麼能眼睜睜地看著羊兒丟失呢？

「汪、汪汪」，有狗在叫，叫聲裡透著歡欣，莫非牠們找到了狼和羊兒？黃黃急忙退出山谷，找到了來時的小道。

天亮了，一條俊秀的黑狗站在前面。

「呀，牠！」黃黃很高興。

黑狗搖著尾巴，親熱地舔牠的鼻子，接著便領牠跑到一處陽光和暖的草地上。這兒是那樣明亮，那樣寬敞，幾百隻羊、幾百隻狗聚集著，彷彿在等待牠的到來。

一株小草開著黃花，翠嫩，嫵媚，水靈靈地立在路旁。黃黃很喜歡，把它吃了，正在咽清涼、苦澀的汁水，黑狗不見了。

「汪！」牠著急了，叫了一聲，一股難忍的疼痛傳遍全身……

幻覺緩慢地演化，沒有時間和空間的束縛，任一點兒殘存的意念在茫茫的宇宙中漂流……也許是黃黃不該死？那幻覺忽然又被黃黃的軀體收回。黃黃蹬了蹬腿，悠悠地睜開了眼睛。

「呵，醒了，黃黃醒了！」老羊倌孩子似的歡叫起來，把手放在黃黃鼻子前試試，發現呼出來的氣粗大多了，不由得驚喜異常。急忙放下在懷中掙扎的黃黃，一躍而起，衝著

五、鬼門關

剛剛灑上晨光的大山作了個揖。

「太行山，太行山，俺黃黃可活過來了。謝謝，謝謝，謝謝你的草藥……」

群狗大叫成一片。牠們聽不懂老羊倌的話，卻看到了掙扎欲起的黃黃，歡喜若狂了。

狼叼兒也很高興。拉拉黃黃的耳朵，摸摸黃黃的心跳，順手在黃黃身上拍了兩下：

「黃黃，陰間轉了一轉……知道不，昨天上午，石頭叔爲給你採藥，差點兒沒摔死。」

狼叼兒抬頭看看老羊倌額頭上青紫色的淤斑，有些不好意思。老羊倌挖藥時碰昏，跟他有點兒關係。老羊倌挖藥時用的羊鏟，是狼叼兒的。這鏟在遇到獾的那天晚上砸黃黃，把柄磕劈了。老羊倌走得急，沒注意。

也許是受了點兒震動，黃黃的腦袋漸漸清楚起來。牠發現自己躺在小溪邊，牧羊人和牧羊狗都關切地圍在周圍。

「黑狗呢！那條引路的黑狗呢？」牠轉著腦袋找，然而沒找到。

「我怎麼會在這兒？」牠想不通。陽光很刺眼，牠把眼睛又閉上了。

「一天，黃黃整整昏死了一天哪！」老羊倌仰天感嘆。

昨天上午，當他急急忙忙採回一大包草藥，黃黃脈搏已很微弱，只有一口氣還在鼻子裡游蕩，卻也細若懸絲。他慌了，急忙向青牛嶺祈禱：

「太行山呀太行山，幫幫忙，讓你那草藥救活俺黃黃吧。」

一天來，他沒敢合一會兒眼，和狼叼兒不時撬開黃黃的嘴巴，給牠灌服草藥。

對這些草藥，他沒有一點兒把握，但他畢竟懂一點兒醫理。他採的這些草藥大都是清熱解毒、消炎利尿的，有幾味甚至是治蛇咬傷的必用藥，這可救了黃黃的命。黃黃的身體本來就壯實，喝了這些草藥，小便便失禁似的，不斷淋淋漓漓尿下來。於是，身體裡的毒素漸漸排出了。而那些強心活血的藥物，又激發著黃黃自己的求生意志，這使牠鼻子中的那點兒氣息始終沒有斷絕，肌肉僵硬的軀體也始終沒有變涼……

「來，黃黃，喝點兒米湯。」老羊倌端來一個粗瓷碗，這是他昨天黃昏時特意給黃黃留下的。

一股香噴噴的味道衝進黃黃鼻孔，牠的肚子咕咕嚕嚕響起來。牠睜開眼，貪婪地伸出還有些僵硬的舌頭，一口氣把米湯喝了個乾淨。

牠覺得身上漸漸溫熱了，似乎有了些力氣，便費力地站起，哆嗦著走到一塊石頭旁，蹺起了一條後腿……

黃黃撒尿了！黃黃能像一條正常公狗一樣自己撒尿了！牧羊人笑了，狗兒們高興得滿山瘋跑。小狗獅獅也被感染得興奮不已，一蹦老高……清清的溪水旁，灑下一串串清脆的脖鈴聲。

五、鬼門關

黃黃注意地看著獅獅，牠忽然想起來了：那是個上午，在一面山坡上，獅獅正在細看一條蛇……牠抬頭看看牧羊狗和牧羊人，大家都在笑嘻嘻地看著牠。牠滿心輕鬆，滿心歡喜，想搖搖尾巴，卻搖不動。尾巴軟軟地耷拉在屁股後面——狗有病就翹不起尾巴了。牠回到老羊倌腳邊，臥下來，還想睡……牠還體虛氣短，必須養足精神。

六、危險迫近

1

天氣悶熱得很。太陽昏黃無力地懸在頭頂上。它的四周淡淡地暈染出一個黃白色的大圓圈，天上地下，縹縹緲緲。說不上是有一層薄雲，還是一重淡霧，更要命的是，沒有風。風婆兒的口袋緊緊紮著，似乎一點兒涼氣也不露。於是狗群、羊群還有牧羊人，全都大張著嘴臥著躺下來，一動也不動。就這樣，胸膛裡還憋悶得厲害。

山谷裡，黃黃耷拉著眼皮，臥在一棵大柿子樹的樹蔭下。牠渾身的毛亂糟糟的，彷彿是一蓬蓬枯草，沒有一點兒光澤。

幾天來，牠很少歡歡地跑，也很少兇兇地叫，尾巴軟軟垂下來，難得搖一搖。昏迷了一天，牠的元氣大傷。可每天下夜，牠依然選個好地方隱蔽起來，高高地豎起耳朵。每當

六、危險迫近

羊兒們調皮，牠也依然要去管一管，直到把那嘴饞性野的傢伙趕回羊群，乖乖地臥下去。

只是每到破曉，每當要休息的時候，黃黃就撐不住了，牠眼皮又澀又重，頭腦昏昏，四肢軟塌塌的，一點兒力氣也沒有，只貪多臥一會兒，誰也不要打擾牠。

老羊倌知道，動物，包括人，一旦損傷了元氣，是需要很長時間才能恢復過來的。於是，他不再走遠路、險路，只趕著羊群就近轉一轉，讓黃黃多休息休息，養養元氣。

花花臥在離黃黃不遠的地方。這幾天，牠和黃黃形影不離。黃黃起來走動的時候，牠很歡欣，一會兒撞撞黃黃胸脯，一會兒撞撞黃黃腦袋；黃黃臥下的時候，牠又不時偷眼看看黃黃，「嗚嗚」地小聲哼叫。

有時候，黃黃長時間一動不動，牠便著了急，總要走過去用鼻子拱一拱，用爪子扒一扒黃黃。這常常惹得黃黃猛然睜開眼，齜出牙，嗚嗚地叫幾聲。於是，花花一溜煙地跑了，一邊跑，一邊歡歡地叫。

今天，牠也不願意動了，也許是天氣悶熱，牠很疲倦，正把下巴枕在兩隻向前伸出的前爪上，呼呼大睡。

泥鰍臥在一塊高高聳起的大石頭上，那石頭表面凹凸不平，並且又暴露在陽光下。可泥鰍不傻也不呆，牠知道，今天的陽光不怎麼強烈，悶熱主要是由於沒有風。石頭高高地聳出周圍的灌木叢和草叢，臥在上面比臥在低窪處爽暢。這樣，牠便像一尊吐出舌頭、臥著休息的狗雕像。

小獅子狗獅獅精力最旺盛，在草叢裡鑽進鑽出，追蚱蜢，捉蟋蟀，忙得不亦樂乎。翻倒的石塊砸了牠的腳，硬葉茅草扎了牠的鼻子，牠便嗚兒嗚兒叫起來。可看看沒有人理牠，叫一陣兒，晃晃腦袋，又繼續玩去了。

時過中午，青牛嶺後，一片烏雲急驟地堆積起來。大團大團的黑氣迅猛地翻滾、膨脹著，剛剛還是灰灰的、薄薄的一小塊，一頓飯工夫已變得頂天立地，像一座黑乎乎、奇大無比的大鐵砧。天地間的平衡被破壞了，那半天空中的大鐵砧，彷彿隨時都會傾倒下來，砸將下來。

太陽更慘淡、更昏黃了。

砧狀積雨雲還在悄悄地、迅速地發展……

「汪，汪汪汪！」

「誰在叫？」黃黃激靈一下睜開了眼，「泥鰍？」是泥鰍，牠就站在那塊大石頭上，肚子一鼓一癟地叫得很兇，黃黃疑惑地抽了抽鼻子。

忽然，牠聽到了一陣呼呼的悶吼怪響，那響聲隱約來自青牛嶺頂，來自天上。牠抬頭看上去，也不由得大叫起來。

「汪汪汪，汪！」現在必須叫醒主人，叫醒羊群，快點兒轉移。

六、危險迫近

「咦，大白天，會有什麼……事？」

老石頭揉揉眼，坐了起來，他就躺在柿樹的另一面，那邊地勢稍高點兒。

身體虛弱的黃黃在不歇聲地狂叫，大石頭上的泥鰍在高聲狂叫，花花和不知鑽到哪兒去了的半截尾巴也早跳到了羊群中，兇兇地大叫。

老石頭詫異地走出陰涼，驀地，他變了臉色。

西邊天上，烏雲翻滾，已遮去了半個天空。黑壓壓的烏雲下，青牛嶺變得蒼茫茫、渾濛濛的了，彷彿被一道骯髒的黃色紗帷籠罩起來。這時候，一道紅紅的閃電刺破烏雲，像毒蛇的信子，猛地一晃。

「雹！要下雹！」老羊倌心急火燎地呼喊：「國富，快、快攏住羊兒。」

只說天氣悶熱，早晚要下一場雨，沒料到竟是雹子，並且來得這樣快！夏天大山裡的天氣變化太無常了，必須馬上轉移。

狼叼兒爬起身，還沒清醒過來，便把羊鞭甩得叭叭響。受了驚的羊兒咩咩亂叫，先是胡跑亂撞一氣，受到牧羊狗堵截又很快聚攏到一起。青牛嶺下的山谷裡，羊倌的吆喝，牧羊狗的狂吠，挨了打的羊兒們的叫嚷，混成了一片亂的聲響。

天上，黑壓壓的烏雲正翻過青牛嶺；地上，暴風掀起滿天黃塵，也在迅速向這邊撲來。

2

當草兒不情願地伏在地上，灌木枝條被揪下葉子，天地間混沌一片，只響徹風的狂嚎亂叫時，羊群安然躲進了一個深長寬廣的窯洞。

這是抗日戰爭時期挖的洞。前不傍村，後不靠店，就藏在一條十分隱蔽的山坳裡。由於年深日久，洞裡的土斑斑駁駁，落下了一層土沫，散發著潮悶的氣息。

黃黃心跳得厲害，張大嘴呼呼地喘氣。剛才，趕著羊一陣猛跑，把牠累壞了。狗群蹲坐在牠身後，也一個個伸出舌頭，胸脯一凸一凹地喘個不停，牠們高高地豎著耳朵，驚詫地瞅著洞外。這樣大的風，在牠們的牧羊生涯中，確實未曾遇到過。

幾百隻羊擠在狗群的後面，在黑暗中反覆倒嚼。牠們並不瞅洞外，或站或臥，微閉著眼睛，十分安詳悠閒。

窯洞深處，亮著兩個紅紅的小火圈兒，那是羊倌們在吸煙。

「真虧了黃黃牠們，光憑咱們倆……」

「這風，怪得很，大不說，還帶著一股冷森森的腥味兒。」

「這是雨腥味兒，天會變得越來越冷……下雹子前都是這樣，要是在野地裡，不被雹子打死，也得凍壞。」

窯洞外，風在攪天攪地地刮。乾枯的草葉、折斷的樹枝、地面的流沙塵土……統統被捲揚到空中。遠處的山坡上，不時傳來喀喀嚓嚓、轟轟隆隆的聲響，是大樹劈了，還是大樹被連根拔起？

天氣越來越暗，氣溫越來越低。忽然，一道閃電跳到窯洞對面的山坡上，山山谷谷、草草木木，霎時被炫目的紫藍色光照得通亮。

「轟，嘎啦啦啦啦」，緊接著而來的一聲霹靂，似乎把整個宇宙都震得搖撼起來……天更黑了，好像已到了黑夜。

隨著一陣冷風襲進窯洞，銅錢大的雨點噼噼啪啪砸將下來，在窯洞口濺起一片黃煙。轉眼間，黃煙消失，大雨如注，漫天飛舞的塵沙草屑被打落到地上。於是，天地間便只剩下又冷又清的、直傾直瀉的水……

氣溫還在降低。

一道明晃晃的閃電和一聲乾淨俐落的脆雷之後，又一股冷氣掩進窯洞。熏人的硫磺味中，裹挾著一種又硬又脆的東西砸在地面上的聲音。

黃黃渾身哆嗦，感到冷氣正在砭入肌骨。牠站起來，扭回頭，想往洞深處走一走，和羊兒擠在一起。但牠突然覺得有一道白光正向自己飛來，便急忙一跳……狗群也都嗷地驚叫著，閃開了。

「砰！」白光砸在黃土上，砸了一個坑——原來是斜飛進洞來的一塊冰疙瘩。那冷冰冰的東西竟有雞蛋大。

黃黃和花花被冰疙瘩砸起的黃土濺了滿臉，一個勁兒地眨眼。半截尾巴低下頭嗅了嗅，打了個噴嚏。小獅子狗跑來了，用爪子撥撥冰疙瘩，冰疙瘩裹上了一層黃土，變髒了。

「下雹子了吧？這麼大！砸在腦袋上，怕不砸死人？」

倆羊倌也擠到了洞口。

「砸死人？牛馬也能砸死呢……眼見又是一場災。」

窯洞裡沉默起來。

天更黑更冷了。傾盆大雨中，噼噼啪啪的聲音越來越響，大自然放肆地發洩著積蓄起來的能量。窯洞外是個水的世界，冰的世界，死亡的世界。

「嘩——」坡下的小溪變成了一條波濤洶湧的大河。明滅的閃電光中，洪水翻騰咆哮，噴吐著水沫浪花，滾滾向山外衝去。

「轟——」從什麼地方傳來一聲巨響，這不是雷鳴。是哪片山崖崩了，還是哪面陡坡滑塌了？太行山的溝溝峁峁覆蓋著一層厚厚的黃土，黃土有個特性：乾燥的時候能挖成很寬的洞，能劈成筆直的崖，不坍，不倒。可一旦有水順著蛇穴鼠洞灌進土層，浸濕崖底洞

六、危險迫近

腳，那土層便變成了泥漿糊，於是頃刻間，那洞那崖就癱了倒了，變成了黃土丘……

羊倌們回到了洞底，黃黃和狗群也擠到了洞深處。羊群咩咩叫著騷動了一會兒，牠們不歡迎牧羊狗鑽進牠們的行列。

黃黃被擠得貼到了洞壁上，就這樣也比洞口暖和，牠蹲下了，閉上了眼睛，想休息片刻。

但是，當羊群安靜下來，羊倌們抱著羊鞭羊鏟又抽起了煙，黃黃忽然覺察到了一個正在迅速逼近的陰影，牠休息不成了。

「汪，汪汪汪汪！」

頭狗黃黃忽然叫起來，一邊叫一邊擠出羊群，神色頗爲緊張。牠隱隱聽到了一種奇異的聲音，這聲音是從窯洞壁裡發出來的，很小，稍不留意便會放過去。然而，在黃黃聽來卻是如此可怕。

「汪！」

花花、半截尾巴和泥鰍從羊群中站起來，疑惑地看著黃黃。

「汪，汪汪汪汪！」

黃黃看著牠們，依然肚子一癟一鼓地狂叫，一邊叫一邊走向洞口，彷彿在領路。

一狗吠影，群狗吠聲。花花、泥鰍和半截尾巴沒弄清到底發生了什麼事，也紛紛跳出羊群，跟著黃黃大叫起來。小獅子狗也在叫，只是蓬起頸上的長毛，緊緊靠到了狼叼兒身邊。

羊群驚恐起來，呼呼隆隆，一齊向窯洞深處擠。

「怎麼啦，黃黃？」

老石頭緊張地站起來，一手端著剛剛吸燃的煙袋鍋，一手從胳肢窩下拽羊鞭羊鏟。

「莫非有什麼猛獸也來這個洞躲雨？」

狼叼兒扔掉剛捲好的紙煙，也「刷」地拽出了羊鏟。

窯洞外，什麼野獸也沒有，只有大雨冰雹，閃電驚雷，在喧嘩，在咆哮，在撒潑施威。倆羊倌你看看我，我看看你，在窯洞口探頭探腦站了片刻，又急忙回到了洞深處。他們被洞口刺骨的寒氣凍得起了滿身雞皮疙瘩。

「黃黃，黃黃，什麼也沒有，好好歇歇吧。」

狼叼兒丟掉一支煙，很不高興，見黃黃還在狂叫，便高聲制止牠。

黃黃不叫了，狗兒們也住了聲。但當黃黃靠近洞壁蹲下時，牠又聽到了那種讓牠毛骨悚然的聲音。牠不能不管羊群，也不能不管主人！牠又叫起來，一邊叫一邊擠進羊群，一口叼住老羊倌的褲腳，哼哼著一拖一拖地向外拉。

老羊倌愣了，放羊放了大半輩子，還沒碰到過這種事。

「莫非，真有什麼事？」

倆羊倌再次來到窯洞口。洞外，還是什麼也沒有。

「黃黃怕是神經錯亂了。」

狼叼兒的花手巾被雨水打濕了，冷冰冰的雨水順著他的尖下巴滴下來。他抹了一把臉，上下牙咯咯地敲打著。一道閃電中，有個黑影兒直衝狼叼兒腦袋頂飛來，他趕快縮回了頭。雹子砸在洞口，濺了他一腳泥。

「石頭……石頭叔，屁事沒有，黃黃瞎嚎呢。」

狼叼兒拉下頭頂的花手巾，嘩嘩地擰出水，擦了把臉，回頭看見黃黃，氣不打一處來：

「都是他娘的你，也不知發什麼神經……去，一邊待著。去吧，天塌不下來！」

自黃黃從蛇口中救出獅獅，他對這狗換了看法。可今天牠無端地大驚小怪，他委實有些不滿意。

窯洞底部，擠成一堆的羊群中，又忽明忽滅地閃起一個小火圈兒——老羊倌親自爲狼叼兒裝了一鍋煙，並且爲他點著了火。

黃黃沉默了片刻。牠有些委屈，狂躁地竄出窯洞，又帶著一身泥水跑了回來。牠不能自己逃生，責任心使牠那耿直的心如灼似煎，牠顧不上抖抖泥水，又叫了……驀地，牠折回身，闖入羊群，又撲又咬。瞬時，幾隻羊便鮮血淋漓。羊兒們驚叫起來，亂躲亂閃，就像遇到了狼。

「黃黃，黃黃。你這是幹什麼，真瘋啦？」倆羊倌被亂擠亂撞的羊碰倒了，急急地爬起，卻又站不住，急得大叫大罵。

黃黃豁出去了，災禍就要發生，牠不能見死不救！牠嗚嗚咆哮著，可怕地齜出牙，在羊群中連撕帶咬……哪兒羊多，牠往哪兒撲。

羊兒嚇得魂飛魄散，轟轟隆隆地在洞裡亂擠亂竄，卻又躲不開，三面是洞壁，只好尋覓更大的空間。於是，四五百隻羊像決了堤的洪水，開始向洞外衝去……

倆羊倌被裹挾在羊群中，腳不沾地，身不由己，跌倒爬起，漸漸被擠向窯洞口。他們急了，窯洞外冰雹如錘，惡雨似鞭，驚雷掣電，羊群跑出去還不跑散？

「反啦，造反啦！」

「打呀，石頭叔，你那鞭子是吃素的？」

倆羊倌惡狠狠地揮起鞭子，但他們站不穩，地方又窄，鞭桿鞭梢不是碰在洞壁洞頂，就是打在羊身上，這反倒使羊群加快了竄動。

窯洞裡亂糟糟的，彷彿是一鍋糊底冒煙，又溢得頂起鍋蓋的粥……

六、危險迫近

4

洞口的狗群早被擠出洞去了，滿山遍野地跑，堵截嚇昏了頭的羊兒。倆羊倌出了洞，也深一腳淺一腳，連滾帶爬地慌慌趕攏羊兒。不一會兒，身上的衣服便被淋了個透。雹子小多了，這使他們免遭了許多折磨……

老羊倌的煙袋鍋不知什麼時候丟了，他只記得狼叼兒塞給了他。狼叼兒的腳不知怎麼被羊踩了一下，火辣辣地痛。也許是踩破了皮？泥泥水水的也看不清。

忽然，一道閃電光裡，黃黃出現了，還在亂撲亂咬地驅趕羊群。窯洞裡的羊都被趕出來了吧？狼叼兒心裡的火苗不打一處冒起。他躥過去，一揮羊鞭，鞭梢生生揪下一撮黃毛。

「汪，嗷嗷！」黃黃齜了齜牙，慘叫了一聲。剛想跳開，迎面黑影一閃，又一道鞭梢劃破空氣，直抽下來。

黃黃皮肉剛挨著鞭梢，那鞭梢像一條毒蛇，呼地一下把牠纏緊了，一拉，黃黃又慘叫了一聲，「撲通」，摔了個仰面朝天。牠覺得好像有無數鋸齒在啃嚙牠的皮肉……鞭條從牠身上拉走了，牠身上腫起一道凸稜，沒了毛，火燒火燎地痛！

這一鞭是老羊倌抽的。這一招叫「黑蟒出洞」，手段極為毒辣！任多兇猛的狗，也受不了這一鞭子。幸虧老石頭年紀大了，腳下又滑，若在年輕時候，他手腕一抖，一拉，怕不活活揭下黃黃一圈皮！這是老羊倌練就專門對付不聽話的牧羊狗的一招。

「好把式！」狼叼兒從心裡讚嘆。他見黃黃在泥裡掙了幾掙，就要站起，便又舉起了鞭子。

「轟——」驀地，大地抽搐了一下，一排氣浪撲來，掀掉了狼叼兒頭上的手巾，吹得老羊倌睜不開眼。

在一聲驚天動地的響聲裡，面前的舊窯洞從根底上整個兒癱下來，塌了！這只是眨眨眼的工夫！

一片黃塵煙障……

老羊倌摸摸頭上的帽子，狼叼兒撿起滿是泥漿的花手巾，他們怎麼也不相信眼前發生的事情。羊兒在驚竄，狗群在狂吠……

黃塵稀薄了，消散了，眼前是山一樣的一堆黃土。渾黃的雨水從土堆上沖下來，只一會兒工夫，便沖出無數條小溝。老羊倌和狼叼兒的濕衣服貼在身上，渾身顫抖不止，兩張黑瘦的臉，變得蠟紙一樣的黃。

黃黃不見了。

天黑的時候，雲消了，雨住了。一輪夕陽落到西邊的山尖上，柔和的橘紅色光輝照耀著遠遠近近的山巒，也照耀著滿坡滿溝的殘花敗草、斷枝落葉。

六、危險迫近

老石頭和狼叼兒趕著羊群向臥場走去，誰也沒說話，哆哆嗦嗦，一步一滑，一步一跌；羊群步履蹣跚，蹚起污水稀泥，再也不敢歡歡地跳；狗兒們的眼神透著淒涼，盼望……花花走幾步，回回頭，夕陽下，一片黃土廢墟前，亂丟著幾把帶血的黃毛。一行直直的腳印就從那兒開始，跌跌滑滑，直伸向高高的山脊……

呵，黃黃，你救了羊群和主人，卻委屈地挨了一頓打。呵，黃黃，你這會兒到哪兒去了？

七、出走

1

太陽出山了。

山野裡蟲鳴鳥叫，唧唧啁啁，倒也熱鬧。清涼的空氣中，散發著爽人的青草和泥土氣息。河畔溝崖上，還飄來一股股野菊花、山蒿子的香味。金燦燦的陽光，把青牛嶺上上下下、山山水水，都鍍上了一層赤金。

黃黃在山野裡小跑，黃色的四蹄被露水打濕，沾上了草葉和塵土。往常，每當太陽出山，牠總喜歡跑到高處，深深吸幾口清爽的空氣，然後默默地俯瞰山川的秀美。這可以解除下夜的疲勞，使牠暢快，昂奮。現在，牠沒了這番心思。肚子餓了，只想快些找到一口吃的。

七、出走

再不會有人喊牠，扔給牠一塊高粱餅了。

黃黃瘦了，胸部的肋骨一根根凸露出來。身上的黃毛失去油亮的光澤，在肚子和後頸上一綹綹地黏著，打成了結。離開青牛村的羊群，已經四五天了。背上、腹上的鞭痕變成紫黑色的血痂，卻再沒按時按晌地吃上一頓舒心的食物。

牠在山野間流浪，倦了，隨便找個地方一臥；餓了，便東跑西顛地打食。山野間可食的東西不少，可黃黃只學過看羊下夜、和狼拚鬥。不習慣單獨一個，野獸般地找食——也許，時間一久，黃黃也能適應山野中的流浪生活，學會捕食。但那時，牠也就不再是一條家畜、一條牧羊狗了。

前面，一叢灌木晃了晃。

這是一片石榆子和野丁香相雜相混的灌木叢。

黃黃全身緊張起來，停住腳，尾巴尖在微微顫動。

從灌木叢密密的枝條間望進去，灌木叢下部的空隙地上，幾隻比鴿子稍大點兒的鳥兒正在低頭找食。這些鳥肥墩墩的，尾巴很小，頭和身子像兩個一大一小的圓球連在一起，背上的羽毛閃出紫葡萄般的光澤。最奇特的是，這些鳥兒從額頭貫眼直到脖頸前，有一道黑色的圓圈，就像是嘴上挑著一個黑色的花環。

「石雞！」

黃黃兩眼瞪圓了，閃出貪婪的光。兩隻耳朵悄無聲息地急急搖動。牠吃過這種鳥兒，連骨頭都嚼成了沫子……那一回，狼叼兒不知從哪兒撿回來一隻死石雞，取出五臟六腑，用泥包糊得嚴嚴實實，扔進了火裡。待到黃泥燒變了顏色，成了硬殼殼，撥出火堆磕開，嗨！鳥毛被泥巴黏了個乾乾淨淨，只剩下鮮嫩的雞肉，熱騰騰地散發出誘人的香氣……

黃黃緊張得全身都在哆嗦，閉緊了嘴，口水仍一滴滴地從嘴角淌下來。牠伏下身子，肚皮貼著地面，一點兒一點兒地向前蹭。還好，借著草叢的遮掩，石雞們沒發覺。

到灌木叢邊了，黃黃怔了一下，牠不知道是該鑽進去，還是該撲上去。鑽慢撲快，但灌木叢的枝杈掩護著石雞，有可能被刺傷。牠猶豫了，要是有個同伴在那邊幫忙，吆吆喝喝地一攆，牠在這邊一截，那就穩妥多了。

可是，這不是做夢麼？

「咕嘎，嘎嘎嘎嘎！」

灌木叢中，有一隻石雞抬起了頭，並且扭過身來。那鳥兒驚駭異常，喉嚨一顫，發出一串高亢的鳴叫。石雞們慌成一團，驚訝地抬頭四顧……只一剎那，便急速鑽出灌木叢，撩開圓球球肚子下的兩條腿，沒命地飛跑起來。

黃黃十分後悔，牠失去了機會，急忙呼地跳過灌木叢，撒腿就追。石雞們搖擺著肥大的屁股，跑得飛快……看看就要被黃黃追上，突然，石雞們散開來，你東我西，撒了個滿

七、出走

天星，灑下滿坡滿溝的驚叫。黃黃又一怔，一時不知該捉哪一隻好。

就在這一瞬間，石雞們拉開了和牠的距離。

黃黃氣得七竅生煙，攏一攏耳朵，瞅準面前的一隻，不再拐彎。「嘎嘎嘎嘎」，那鳥兒驚叫著，拚命扇動小翅膀。

「好，只要你飛不上天，我就能捉到你。」風兒在黃黃身邊嗚嗚地響，牠已看出，這鳥兒翅小體肥，飛不起來……

離石雞越來越近，黃黃眼前的圓屁股越來越大，牠迫不及待地張開了嘴。忽然，那鳥兒兩腿一彈，跳到了空中。

黃黃的眼睛緊盯住鳥兒，正奇怪，一腳踩空，像塊大石頭似的滾起來。「嗷——」牠被撞了一下，只來得及慘叫一聲，便陷入了昏迷……

黃黃睜開了眼，看清了，牠跌進了一條不深也不寬的土溝。這溝大概是流水沖刷成的吧？黃黃一瘸一拐地爬出土溝，石雞們一隻也不見了。只有嘎嘎的驚叫，還隱隱地迴盪在山谷裡。

「只差一點點。」黃黃氣惱地想。牠一顛一顛、氣喘吁吁地走著，鮮亮的陽光照在牠打了綹的毛上，肋骨凸出的胸脯被灌木枝條劃出了幾道血痕。

幾天來，牠不止一次這麼感嘆了。

2

天近中午，黃黃還沒吃到一點食物，牠的肚子發出越來越響的吐嚕聲，腿也有些疲

軟。牠很想臥下，歇一會兒，但牠還必須走。從野獸到家畜，有一個不小的距離，從家畜

到野獸，同樣要走很長一段路。耀眼的陽光直射在牠身上，山野裡，晃動著一個疲憊的身

影。

爬過一個小山頭，翻上一面明晃晃、沒有多少綠色的荒坡，黃黃的鼻子嗅到了一股熟

悉的臊氣，牠站住了。

一塊裸露的大青石上，蹲著一隻田鼠！那田鼠把兩隻肥胖的小胳膊舉到嘴邊，正捧著

什麼大吃大嚼……黃黃咽了一口口水，繃緊全身肌肉，猛地一躍——這兒的地形很開闊。

那田鼠腳不長，卻賊鬼溜眼。眼看黃黃凌空撲到，身子一矮，向一側躥去。待黃黃收

住腳，兜回頭，那田鼠已跑出好幾米遠。黃黃懊悶得肺要炸了，這麼一個蠢笨骯髒的小玩

意兒，也敢在牠面前耍手段，牠恨不能一口把牠咬成個血糊糊！

那東西就在黃黃眼前了，四隻短短的腿在慌慌張張地搗騰，一對圓圓的耳朵緊緊貼

在粗粗的短脖頸上……倏地，那傢伙小尾巴一甩，像船彎了一下舵，平地跳起，落到了一

旁。黃黃被嚇了一跳，待回過神來，田鼠又躥出很遠。

七、出走

荒山坡上，一隻氣勢洶洶的大狗，忽而東，忽而西，緊攆著一隻滑不溜秋的小田鼠……

終於，那田鼠跑夠了。哧溜，鑽進一道深深的石縫，在那裡歇息起來。

「汪，汪汪汪！」黃黃憤怒地咆哮著，用爪擄扒著石縫，扒得塵土飛揚。

但這有什麼用呢？牠不是獵狗，不是野獸，只是一隻擅長放羊的牧羊狗呵！

太陽偏過頭頂，山野裡熱氣蒸騰。小草灌木耷拉下了葉子，空中也不再有鳴囀飛翔的鳥兒。若還在青牛村牧羊，該是吃過晌午飯，羊群打盤，人和狗歇晌的時候了。

黃黃軟塌塌地在一片灌木陰涼中臥下，伸直兩條前腿，把下巴頦枕上去，慢慢合上了眼睛——歇一會兒吧，睡著就不知道饑餓和疲累了。

「唧唧，唧唧唧唧！」不遠處，一片酸棗棵子下，有隻蟈蟈小聲叫了幾聲。停一停，見沒有什麼危險，便放心大膽地淺吟低唱起來。

「黃黃，吃些吧……快起來，快，吃一些！」

誰？黃黃一骨碌爬起來，睜開了眼。

山野裡空曠寂寥，一個人影兒也沒有！蟈蟈住了聲，風也不再刮了。嗨嗨，誰會在這個時候，找到這片偏僻的山谷裡來呢？黃黃嘆口氣，重新臥倒，又合上了眼。

「吃些，快吃些。跑了一上午，還能不餓？喏，黃黃……」好像又有人在耳邊說。這是怎麼啦，莫非餓虛脫了。

黃黃皺皺鼻子，沒睜眼，咽了口唾沫。往常，每到這個時候，老主人就拿著吃食找上來了——那吃食當然是高粱餅。不過，卻靠得住。再說，老主人有時還額外讓牠吃點兒偏食。

呵。老主人！黃黃眼角濕潤起來……

3

黃黃並不是青牛村的家生狗，牠是在這片山區的一個小鎮上，在一戶並不知道愛惜生命、很有些霸道氣的人家出生的。

這家的主人大概工作繁忙，養了狗卻從不餵狗。黃黃剛剛睜開眼，牠的母親——一條老母狗出去找食，一去就沒有再回來。被人打死了？被豹吃掉了？這可苦了小黃黃。

「汪兒，汪兒」，牠在柴堆裡爬上爬下，尋找媽媽，徹夜尖聲尖氣地叫，牠以為媽媽藏到了柴堆的某個地方。

牠還太小，不能沒有媽媽。可這就觸怒了主人，這個胖墩墩、滿臉橫肉的傢伙爬起床，奔到柴房，一腳把小黃黃踢了個倒憋氣，喘不出聲！接著，「砰」，又把黃黃隔牆扔了出去——他喜歡黃黃母親的高大，牽著這樣一條狗會給他增添不少威風。但他不喜歡需

要人照顧的小狗娃娃。他可沒有這樣的興致和耐心！

半夜裡，黃黃悠悠醒來。伸出小爪子撓門，撓不開，便尋到水道眼兒鑽進院子——牠還小，不知道這世界哪兒能容下牠，牠離不開這留著母親奶味兒的家。

第二天，主人的小兒子在牠脖子上拴條繩，拖著滿街跑，就像拖了一段木頭……黃黃腿碰破了，毛磨掉了，痛得撕心裂肺地尖叫——這哪裡是叫，分明是在哭哩！

那孩子玩膩了，便和幾個伙伴跑出鎮，上了橋，把牠「撲通」扔下河，說是要看看狗怎樣淹死。可憐這個狗娃娃，在水裡沉下，浮起，浮起，沉下……「黃泉路上無老少」，一條才出生不久的小小冤魂，又忽忽悠悠地踏上了到冥冥世界的路。

倏地，牠又被拉了上來，倒提起兩條後腿，哇哇地擠肚子裡的水……等到牠無力地睜開澀澀的眼皮，牠看到，牠被一雙粗糙的大手揣進了懷裡。那熱乎乎的懷裡，有一副瘦骨嶙峋的胸脯。胸脯中，跳動著一顆慈善的心。

就這樣，黃黃被老羊倌張石頭用買帽子的兩元錢換了條命，抱回了青牛村。四年來，黃黃跟著老羊倌風裡吃，雨中臥，放羊，攆狼，漸漸長大，成了青牛村人人喜愛的頭狗。牠倔強兇猛，卻又忠心耿耿。特別是對老羊倌，牠不惜奉獻出自己的生命！醒了，牠跟在老羊倌身前身後；夢裡，也記掛著主人和主人交給牠的羊群……

然而，牠最見不得人們惡狠狠的眼光，那會激發牠心靈深處的怒火。下雹子的那天下午，牠偏偏又碰上了這樣的目光……

到底是為什麼呢？在那座舊窯洞裡，牠明明感覺到了流水灌進土層的震動——是順著一道裂縫，還是順著一眼兒鼠洞，牠不清楚。但牠明明白白地聽到了土層吸水的嘶嘶聲，還有，還有，小土塊的崩塌。那時候，整個窯洞裡充滿毛骨悚然的不祥！

狗接收聲波的範圍比人大得多。就為這，牠就該挨那樣一頓暴打？須知，當時牠正是憑這能力，要救主人和羊群性命的呀！

黃黃鼻子裡發出嗚嗚咽咽的聲音。牠身上被牧羊人抽痛了，心上被抽得更痛。幾天來，牠像一隻沒有錨和舵的小船，在山野裡四處漂泊，忍受著孤寂和淒涼。牠不願意也過不慣這種野獸的生活。牠思念狗群，思念老主人，甚至狼叼兒，看見他，牠也肯定會感到親切。

可是，牠眼前也時不時晃動起那天下午的鞭影，晃動起主人惡狠狠的面容……這叫牠，一條沒有那麼多彎彎腸子的狗，怎麼會不深深傷了感情，時時滾動一股怨氣？

4

橫豎睡不著了，黃黃睜開了眼睛。牠還得去找點兒吃的，填填空洞洞的肚子。可是，牠沒有馬上離開那片灌木陰涼，牠屏息低頭，站住了。

七、出走

眼前，正進行著一場戰鬥。

一隻吊在細絲上的蟲子，悠悠蕩蕩，屁股漸漸擦著了土地。這蟲子身段像蠶，卻花花綠綠，塗了滿身顏色。蟲子正準備最後享受一下空中樂趣，忽然一彈，全身劇烈扭動起來……不遠處，一隻黑螞蟻急急翻過身，趔趔趄趄地爬走了——莫不是這黑傢伙在蟲子屁股上咬了一口？

黑螞蟻跑著，跑著，碰到一個同夥。牠嗅一嗅，便搖動頭上的兩隻觸角和對方拍拍打打。然後，又急急向前跑去。

那個被拍打的同伙，東一頭西一頭地亂爬亂闖了一會兒，便循著同伴的來路，向肉墩墩的蟲子爬去，而原先那隻黑螞蟻爬上一片落在地上的大樹葉。

樹葉上，也有一隻黑螞蟻正覓食，便跑過去，又用觸角拍打對方。於是，樹葉上的螞蟻也像接到了什麼信息，停止覓食，迅速爬到地面上，向吊死鬼樣的蟲子衝去……

吊死鬼不再晃動了，彷彿知道大難臨頭。靜了片刻，牠急急搖起頭，那絲便越來越長，越來越長。待前半截身子一落地，牠便一拱，一屈，一屈，一拱，向前爬起來。要逃跑？兩隻黑螞蟻一前一後趕到了。這倆小東西並不攔截蟲子，只是圍著牠轉圈。

大隊黑螞蟻匆匆趕來了。領頭的，正是原先那隻黑螞蟻。圍著蟲兒轉圈的黑螞蟻見到同夥，急忙跑進蟻群，揮動觸角，碰碰這個、撞撞那個。一瞬間，螞蟻群像得到了衝鋒號令，氣勢洶洶地向吊死鬼圍攏過去。

戰鬥開始了。

蟲子劇烈地蜷曲起身子，猛地彈開來，就像一段扳彎的彈簧，「啪」地拍到地上。於是，空中是跟頭趔趄的螞蟻，地上是頭斷肢殘的螞蟻……螞蟻們還在蜂擁而上，彷彿根本不在乎生死。牠們從四面八方跳上蟲子身體，鑽到蟲子身下，兩片大顎飛快地鉗動，在蟲子的身上又啃又咬。蟲子只得不斷蜷起可怕的身體，時左時右，「啪啪」亂拍……

黃黃一動不動，看得津津有味。牠對黑頭黑腦的勇敢的小東西感到驚異。若在過去，牠是不屑於光顧這些弱小動物的。現在，也許是孤獨，也許是有時間，牠卻極想知道牠們的命運。

螞蟻不知道有多少，死了一批又衝上一批，後面的還在源源不斷地湧來，爬過遍地同伴的屍體，投入戰鬥。吊死鬼寡不敵眾，想跑，但身上身下的螞蟻咬得牠奇痛難耐，幾次剛剛爬動，又不得不再蜷起身體，左右亂扭亂拍，這就使螞蟻們贏得了時間。

終於，吊死鬼軟軟地癱在那裡，再也動彈不得了。螞蟻們注入的蟻酸，使牠劇痛，痙攣，昏迷了過去。螞蟻們開始爬上爬下，跑前跑後，和碰上的螞蟻急急用觸角相互拍打，好像在交換意見，商量怎樣搬運獵物。

不知怎麼就分了工：一堆螞蟻跑到前面，用牙叼住蟲子腦袋，倒退著拉；一堆螞蟻跑

七、出走

到蟲子後面，撅著屁股推；一堆螞蟻分列蟲子兩邊，橫著向同一個方向拱。……嗨嗨，像火車頭似的蟲子，竟漸漸地被抬離了地面，向前動了，越走越遠！

集體，是一個多麼偉大的聚合！

太陽偏西了，灌木叢的影子越來越斜，越來越長……

黃黃抬起頭，抖抖身子，甩掉沾在毛上的塵土和草葉，毅然向坡上走去。牠的肚子咕嚕咕嚕響得更厲害了。但螞蟻的拚搏使牠的心久久地激動。牠不能再在山野裡野獸般地竄來竄去，牠還離不開人，牠應該有一個集體，有一個牧羊狗的生活！

藍藍的天上，鋪上了一片片金黃的彩雲。一隻鷹撲扇著翅膀，緩緩地兜著圈子，好像在尋找自己的歸宿。

八、重返家園

1

午後的太陽，照耀著陡陽坡山半腰上牧草肥厚的牧場。羊群在坡上星一般散開，靜靜地吃草。

這兒離青牛村十公里，但要翻過幾座大山梁。

黃黃懶懶地臥在石崖邊，在石和草的陰涼裡歇息。牠耷拉著眼皮，做了一些自由閒散的夢。一會兒，夢見自己變成一隻自由自在的動物，在密密的樹林裡和長滿藍色山菊花的山峁上飛躍，好像是一隻狼！一會兒，夢見和一條黑色的小母狗在一塊兒玩耍，牠不斷把黑狗撲倒在草棵子裡，黑狗軟軟地倒下，扭回頭來輕輕咬牠的肩……

在動物界，有許多種動物會做夢。跟人一樣，牠們的夢無非是一些經歷過的或能想像

到的事情，含有很大的真實成分。此刻，在黃黃夢魂縈迴的時候，牠身邊的草叢裡，正臥著一隻俊秀的黑色小母狗。這就是黃黃在鬥雞的那個早晨，在溪流邊結識的那隻黑狗。

也許是天作之合？黃黃負氣離開青牛村，流浪幾天後，正巧遇到了陡陽坡的狗群。看到俊秀的黑狗，黃黃備感親切。牠不想走了，牠要和黑狗在一起。於是，當陡陽坡的幾條公狗氣勢洶洶驅趕牠時，牠沒有跑，只一閃一掄，幾個回合，就把這群狗的頭狗制服了。

公狗們大吃一驚，遠遠地壯著膽子叫。但當看到俊秀的黑母狗迎上前去，親熱地和黃黃玩耍時，牠們灰溜溜了。牠們接納了黃黃。狗群信奉「強者爲王」的原則，從心裡崇敬有本領的同類，願意有一個本領超群的頭領。就這樣，黃黃在陡陽坡住下了。

「萬山伯，你看黑妞兒，大黃狗一來就和人家好上了……自己群裡就沒有一條能配上牠的？」

在黃黃和黑狗旁邊，陡陽坡的兩個羊倌靠石崖坐著，正一邊看守著羊群，一邊說笑著。

「嗨！柱兒，那邊有兩隻羊跑遠了……你還想包辦？人還要婚姻自主呢，更何況狗？讓牠們自由去吧。」

被稱作柱兒的小羊倌扔出幾塊土坷垃，兩隻遛遠了的羊兒趕快跑了回來。

「這黃狗怕是被主人趕出來的，你瞧牠身上的疤……」

「也許是，可被趕出來的不一定不是好狗。人家來咱這好幾天了，護羊，下夜，哪一點不好？論本事，論專心，咱的狗沒一條能比得上人家……嗨，牠要能留在咱這兒就好了。」

老羊倌捶了捶腿──常年在山野裡轉，牧羊人老來常有腿痛的毛病。

黃黃的耳朵搖了搖，醒了，照舊瞇著眼。牠聽到了羊倌們的談話，知道他們在指指點點地說自己，但牠毫不理會。放羊，吃食，這是太行山裡的規矩，沒有人會趕牠的。何況，牠也不怕，牠並不想在這兒久留，牠的心還時時飛向青牛村。

「什麼氣味兒？」

黃黃忽然皺了皺鼻子……狸貓？山狸？變幻不定的風中，飄著一絲若有若無的獸腥氣。黃黃倦意頓消，霍地站起，尾巴搖了幾搖──牠已經能搖尾巴了。在陡陽坡，牠的身體已漸漸強壯起來。

「汪，汪汪……」

山腰上，灰灰在大呼小叫，急得嗓音都跑了調。剛才，閒著無事，牠到山溝裏轉悠去了。一隻淺棕色、身上有許多褐色斑點的小獸，從山荆叢中竄出，奪路而逃。眨眼間，被午後的太陽曬得蔫蔫的狗群瘋了，狂吠著，從四面八方追過去。

山狸？山狸？黃黃急匆匆地從山崖根躍下，牠和這種山間常見的野貓打過交道。牠一

邊跑，一邊注意觀察，慢慢覺得灰灰牠們撵錯了，牠們把山狸從灌木叢中趕出來，卻隨著山狸跑上坡。而山坡上面，有一片密密的樹林。若是把山狸追進樹林，那隻愛偷雞摸鴨的傢伙就逃之夭夭了。

黃黃從斜刺裏躥過去，插到山狸前面，逼牠往開闊地跑。這樣，山狸就要陷入狗群的包圍圈。——山野間的幾天流浪，使黃黃有了一些打獵的經驗！

山狸輕輕快快地順著山坡向上躥，身上蓬著的毛漸漸平順下來。打食回來，牠發現陡陽坡的羊群正堵著自己回巢的路，便躡手躡腳地繞過羊群，兜了個大圈子。

正慶幸沒發生什麼事，猛然間和出來閒遛的灰灰碰上了，嚇得牠一哆嗦，跳起來就跑。於是，目標暴露，灰狗大叫起來。

「貓狗是冤家」，山狸雖是野貓，怕狗也怕得要命……現在，牠的心穩定下來，狗兒們沒有追上牠，而前面就是一片小樹林。只要躥上樹去，狗兒們就再也奈何不了牠了。

山狸拖著長尾巴，輕捷地在草叢和灌木叢間飛奔。山坡上鬱鬱蔥蔥的小樹林越來越近……

驀地，迎面撲過來一條大黃狗，一聲不響，兩眼卻閃著不可抗拒的凜凜兇光。

山狸頭懵了，腳一軟，「呷」地怪叫一聲，翻了個跟頭。待到黃黃衝到跟前，山狸已爬起來，開始沿著坡兒橫竄。牠想誘黃黃跟著牠屁股撵，那樣，牠還可以拐彎、跑上坡……黃黃並不尾追，只在山狸貓的上方和牠並排跑。

狸貓明白了，這黃狗是牠致命的敵人！牠驚恐的心完全絕望了，當灰灰牠們撵上來時。狸貓「撲哧」拉了一泡稀屎，臭烘烘，水一樣的糞便竄出老遠，把灰灰牠們嚇得一怔，險些翻倒。趁灰灰還沒回過神來，山狸向下一折，跑下了山坡。

山狸遇到可怕的事，有拉稀屎的習慣。

「汪！」黃黃喚住狗兒們。狗群散成一個扇形，穩穩地一齊壓了下去。再也不能胡撵了，有了集體，還必須有清醒的頭腦，默契的配合，不然，集體的力量就發揮不好……山狸終於被堵進山谷底部的一片灌木叢，狗群圍著灌木叢起鬨般地亂叫亂嚷。山狸被嚇破了膽，在灌木叢裡東一頭西一頭地亂叫亂撞……

這片灌木叢面積不小，透過密密的枝條，影影綽綽看得見山狸在灌木叢中奔跑。但要捉住牠，還必須鑽進灌木叢。黃黃明白這一點兒，汪汪叫著，招呼其他狗群注意，一頭鑽了進去……山狸跑累了。

正要伏在地上喘口氣，嘩嘩啦啦，灌木叢枝條亂搖亂響起來——眼神兇猛的大黃狗鑽過來了，狸貓魂飛魄散，又拚命奔竄起來，牠不敢闖出灌木叢，灌木叢邊上圍著一圈狗，也不敢讓大黃狗靠近身邊，那會使牠的心承受不了恐怖的刺激。但到底該怎麼辦，牠也不知道……

鑽擠中，黃黃忽然覺得肩膀上一陣刺痛，一根折斷的灌木枝劃破了牠的皮！牠氣惱地狂吠一聲，反倒什麼也不顧了，豁出命去在灌木叢中橫衝直撞。終於，牠一爪按倒了山狸，沒等山狸扭過頭來拚命，牠尖尖的利齒已深深刺入狸貓肥胖的後頸……

老羊倌從坡上走下來，抽出後腰上別著的小斧子。三下兩下，砍下了山狸四條腿，扔給了狗群。黃黃叼起一條後腿，群狗蜂擁而上，瘋狂地搶奪剩下的三條。小黑狗沒動，失望地站在圈外。牠身單力薄，搶不過這些公狗們。黃黃擠出狗群，看見了牠，走了過去。

老羊倌揪下一把青草，擦拭起斧子上的血跡。剛才的一幕，他完全看見了，深爲大黃狗的智勇驚嘆。

山狸貓是一種害獸，捕獵鳥兒，禍害家禽，甚至敢咬死離群的小羊羔兒，是應該給以懲處的……老羊倌抬起頭，見小黑母狗正咯吱咯吱地嚼山狸腿骨，黃黃守在旁邊，兩眼炯炯地看著自己，便笑了笑。他明白黃黃的意思，用斧頭剖開山狸肚子，掏出心肝五臟，扔了過去。

「喏，大黃狗，吃吧！」

太陽照耀著陡陽坡的草場，綠茸茸，光燦燦，蕩漾著可人的暖意。

黃黃臥在一叢淺黃色的羊茵茵花中，咂咂嘴，開始扭頭舔肩膀上的傷口。牠伸出薄而靈巧的舌頭，先把傷口滲流出的血舔去。當傷口裡的白肉露出來的時候，牠便從下到上，順著長長的傷口，有節奏地一下下舔起來。

傷口有些痛，傷口周圍的皮毛不住地顫抖，黃黃卻舔得從容不迫。在山野裡放羊，傷是難免的，怕痛不行——牠的祖先用這種辦法殺菌消炎，自我治癒，已經幾百萬年了。

太陽漸漸向西移動，山坡上一片平靜。

2

「黃黃！黃黃——」

自從黃黃失散以後，在老羊倌張石頭的心頭，像掉了什麼重要東西似的，總是不安順。這會兒，他一邊走一邊仰頭呼喚。他身上蒙了一層黃塵，臉上透著憔悴。一把大羝羊角做成的號角，在他胸前搖來晃去。

從早晨太陽一出山，老石頭就上了路，到現在，已經圍著青牛嶺轉了大半圈了。前面已是陡陽坡地界，老羊倌兩手攏在嘴邊，對著山半腰的牧場喊了兩聲。喊完了，他支起耳朵。可聲音在山間迴盪，就是沒有另外一個回音。他臉色又陰沉下來。

他在找黃黃。昨天夜裡，一隻羊被狼叼走了。

自從黃黃出走，那兩隻狼越來越猖狂。一開始，牠們只是半夜裡出來，圍著羊群轉。待到摸準黃黃不在，大白天也敢出來了。先是在青草棵子和石頭後面躲著，時不時露一下

猙獰的嘴臉，嚇得羊群咩咩亂叫。

過了幾天，連隱身草也不要了，就在對面山坡上大模大樣地蹲下來，一會兒抬起後腿搔搔脖子，一會兒伸出舌頭舔舔嘴巴。氣得狼叼兒跺著腳罵，拾起石頭打……

狼卻滑頭，不遠不近跟著，總蹲在石頭扔不到的地方。人不能離開羊群，花花帶著狗群幾次撲過去拚命，狼並不交手，抬腿就走。等狗兒們氣喘吁吁地返回山坡，遠遠地，牠們又隱隱地出現了……

兩個牧羊人發了愁，他們的心總提在嗓子眼兒上。羊兒們終日驚驚惶惶，吃不好，睡不安，已經明顯掉了膘。老羊倌的小曲多日不唱了，狼叼兒再也不敢四腳朝天躺在地堰上睡大覺。倒是狼會湊趣兒，每當太陽落山或東方泛白時，就把頭仰起，向著天空長嚎：「嗚——嗷——嗷——」叫聲冷森森的，能持續幾袋煙的工夫。於是，羊兒腿軟了，亂碰亂擠，擁成個疙瘩；老少羊倌罵罵咧咧地吆喝，把鞭子甩得叭叭亂響；狗群伸長脖子狂吠，大叫一氣……狼並不理睬人和狗的叫罵，該怎樣叫還怎樣叫，甚至連眼珠也不轉一下。牠們是在譏笑羊倌的愚蠢和不仁，還是在感謝老天給了牠們一個揚眉吐氣的機會？

每逢這個時候，倆羊倌便不約而同地想起了黃黃。黃黃在的時候，狼群怎敢這樣囂張？牠用獠牙和智慧制服過這些傢伙。一聽到黃黃的聲音，狼群便悻悻地掉頭溜走。一夜一夜，羊倌們省了多少心！

黃黃日常看羊，不用人吩咐，自己就知道該幹什麼。羊兒臥地，哪個敢不守規矩？羊兒在路上走，黃黃一聲咆哮，敢離群撒歡的，哪個不立時摔個跟頭……為這，鄰村的羊倌在他們面前不知蹺起過多少回大拇指呢。

可是，這麼好的一條牧羊狗，被他們打跑了。

為了什麼？就為人家救了自己和全村羊群的命？

老羊倌很後悔，沒人處，狠狠抽了自己兩個耳光。那天，他對黃黃太狠太毒了。豈止是那天太狠太毒了，若沒平日裡對黃黃的偏見，那天他是下不了手的……難怪人家一去不回頭呀！

狼叼兒心裡也受到觸動，算起來，黃黃已經兩次救過他的命了。他卻幾次打過黃黃，罵過黃黃……可打罵黃黃的時候，有哪一回是人家黃黃做錯了事？恩將仇報，那是畜生也不如的呀！

「我這是怎麼了？」

狼叼兒坐不住了。

十餘天來，狼叼兒想了很多很多。對照黃黃，他覺得自己很卑小，根本就不配做個男子漢。他有時昂奮，有時內疚。有時想趕快把黃黃找回來，有時卻又怕見黃黃……

昨天夜裡，狼又來了。

八、重返家園

幾天來，人和狗被折騰得筋疲力盡。昨天夜裡，又是一夜提心吊膽。天快亮時，不見了狼的蹤影。牧羊人和狗這才喘了口氣，不知不覺地打起了盹兒。誰知那狼早在等這個機會，驀地從黑影裡跳出，叼起一隻羊便跑。花花和狗群狂吠起來，撒腿就追……等老石頭和狼叼兒慌慌地睜開眼睛，緊甩鞭子攏羊，羊兒早炸了群，正在坡上亂叫亂跑……

天亮了，狗群護著被狼咬傷的羊兒回到坡上。老石頭和狼叼兒點了一下羊數，乖乖，怎麼數也少一隻。老石頭和狼叼兒急了。在坡上坡下又叫又找，尋遍了每個角落，就是找不到！倆羊倌面面相覷，沒有說話——不用說，那隻羊被狼叼走了。

可是，狼是怎樣叼走羊的呢？

老羊倌愁眉苦臉地在一塊石頭上坐下來。狼叼兒發瘋似的揮鞭子，把身旁的灌木叢抽了個枝斷葉飛，七零八落……還有什麼比羊被狼叼走了，卻不知道羊是怎樣被叼走的，更窩囊、更丟人的呢？

不能再等待了。倆羊倌商議，必須馬上把黃黃找回來，必須……這不全爲著護羊、治狼，也是爲著彌補心靈裡的那點兒欠缺。

這一天，老石頭顛兒顛兒地跑了許多地方。每到一個村寨，便直奔羊群密集的牧場。可等待他的，全是失望。莫非黃黃跑出了青牛嶺，或是遭到了什麼不測？

老石頭的心緊縮起來，抻袖子抹抹臉上的汗，抬頭看看天：太陽已到西半天，趕往下就滑得越快了。

「黃黃，你真忍心撇下我們……」

老羊倌的臉色越來越陰沉。他想起了胸前的羊角號，這玩意兒響得遠，不妨試試。

3

黃黃正臥在羊茵茵花叢中打盹。

傷早舔完了，一層新血痂凝結在傷口上，不會再感染了：牠覺得有些疲倦，便把頭埋在淺黃色的花叢中，輕輕呼吸著羊茵茵花淡淡的甜香，閉上了眼睛。

一隻蒼蠅在牠頭上嗡嗡地起起落落，總想在牠濕漉漉的鼻尖上站一站，牠只好用雙爪抱住鼻子。晚上還要護羊，誰有工夫跟這種骯髒的東西耗神！牠懶懶臥著，張石頭的那兩聲呼喚，牠沒聽見，只是當小黑母狗跑過來，親親熱熱地舔牠鼻子，牠才睜開眼睛。

「嗚——」

空氣正顫抖著傳播低渾有力的聲波。羊角號？黃黃怔了怔，一骨碌爬起，豎起了尖尖的耳朵。牠聽清了，這正是牠日思夜想的那個聲音，一陣微微的顫抖傳遍了全身。

「汪！」牠無法控制自己，大叫一聲，連滾帶竄地衝下坡去。

呵，主人，主人！黃黃日也想，夜也盼，不就盼著看見你嗎？

八、重返家園

黃黃一下子撲到老石頭身上，把他搡了個踉蹌。老羊倌還沒站穩，牠又撇開他，轉身就跑。等離開幾米遠時，黃黃猛地剎住，翻身一躍。兩個輕巧的騰撲，一下子又撲到他身上。牠把前爪搭在老石頭肩膀上，高興得嗷嗷尖叫，使勁搖晃著大尾巴。

「黃黃，黃黃，忘了咱青牛村啦？」

想不到在這兒見到了黃黃，老石頭眼眶一下子濕潤了，他顫顫抖抖地伸出青筋凸露的手，輕輕拍撫著黃黃油亮的鬣毛。

「嗷、嗷嗷！」黃黃張著嘴大叫。

「你不在，狼可把咱們欺侮苦啦！」

「嗷、嗷嗷！」

在久別重逢的激動中，人和狗搶著互相問候，不管對方能不能聽懂——實際上，感情的交流，是不受語言障礙的。

過了一會兒，黃黃不搖尾巴，也不尖叫了。牠把頭偎在羊倌肩上，瞇起眼，默默地回憶起那樁不舒心的往事。

老羊倌也想到了，默然了。半晌，才撫著狗的頸項，歉歉地說：

「那天下午，俺不該……」

「……」

黃黃像個受了委屈的孩子，沒有搭腔。

「還生氣？俺老糊塗了，往死裡打你……俺，俺對不住你呀！」

老羊倌昏黃的眼睛裡，滾出兩顆晶瑩的淚珠。

看到老主人的淚水，黃黃心裡翻起一股難以名狀的激動。獸和人間的距離，瞬時縮得很短很短。

該回去啦！黃黃長長嘆了口氣，縮回了扒在老羊倌肩上的前爪……陡陽坡是溫馨的，可牠畢竟是青牛村的狗哇！吃青牛村的食物，在青牛村長大，那兒是牠的家——哪隻狗能不戀家呢？

張石頭記起一件禮物，急忙哆哆嗦嗦地掏出來。撕開包裹的報紙，原來是一張白麵油餅！老羊倌拿到鼻子下聞了聞，還好，沒餿，只是有點兒乾硬。

「黃黃，吃吧，吃吧。這是狼叼兒……不，國富囑咐給你烙的，吃完了，咱好上路。」

黃黃嗅了嗅，大口小口吃了幾口。忽然想起什麼，叼起油餅，往坡上走去。

不遠處，一叢秀枝闊葉的野丁香樹邊，一條蠻俊氣的黑母狗蹲坐著，眼一眨不眨地注視著這邊。黑狗後面，山坡上，站著陡陽坡的一老一少兩個羊倌。

黃黃走過去，把餅放到了黑狗面前。

八、重返家園

黑母狗嗅嗅，幾口便把油餅吃了個精光。

黃黃輕輕舔掉黑母狗嘴邊的餅渣，抬頭看看山坡上的羊倌兒，倆羊倌正笑著向牠揮手。於是，牠轉身向坡下走去，黑狗跟在牠後邊。

一個羊倌，兩條狗，時而爬過高高的山梁，時而鑽進深深的溝底，向青牛村走去。黃黃不時停下來，嗅嗅路旁的大樹、石頭，然後抬起一條後腿，側身擠出一小股尿。老羊倌知道，黃黃忘不了陡陽坡。牠這是在留「路標」，有朝一日，牠是會回去看望陡陽坡的……

翻過兩座山梁了，黑狗終於站住。牠用自己軟和濕潤的鼻尖，輕輕蹭黃黃的臉，似乎有些依依不捨。

黃黃閉起眼睛……忽然，牠低頭舔舔黑母狗，一扭頭，向等著牠的羊倌跑去。

「回吧，那黑狗兒！回吧，天快黑了。」張石頭揮揮手，衝小黑狗高叫。

然而，黑狗眨眨眼，一動不動。牠蹲在一塊禿禿的青石板上，眼巴巴地看著黃黃，不時搖搖黑油油的尾巴。

下了山梁，走出谷口，該拐彎了。人和狗不約而同地回首眺望：山梁上，仍然有一個羊茵茵花骨朵般大小的黑點兒……！

老羊倌眼一熱，趕快扭回了頭。

九、決鬥

1

細雨濛濛……

天氣越來越涼，太行山裡再無大雨，可牧羊人最討厭的牛毛細雨總還要下幾場。這雨細如蠶絲，被寒冷的小風從鉛灰色的雲層裡抽出，搖搖曳曳，綿綿不斷，一下就是好幾天……秋天，正是羊兒最肯吃食的時候，而秋耕很快又要開始，沒臥過夜的地還要抓緊時間臥。沒辦法，牧羊人只好雨中也趕著羊放牧。

今夜，這場細雨莫非要停？已經下了兩三天了。天擦黑的時候，雲縫中曾露出過幾顆星星。

一叢鐵箭蒿子沉重地晃了晃，一條黑影從蒿叢中站了起來，這是黃黃，牠用力抖去渾

身的泥水。牠聽見羊倌們吆喝著羊群，挪臥場了。牠目送羊倌們揮鞭把羊群趕向沒臥過的另一頭，又原地臥下。

這塊地真大。牠抬頭望望天，夜很黑，陰沉沉的，瞅不見一顆星星。細雨還在下，飄飄搖搖，悄無聲息地落在地上，石上，草上……一種朦朦朧朧的預感告訴牠，天快亮了，不由得生出一股懶懶的倦意。牠蜷曲著，把頭埋進肌肉鬆軟的腹下，只露出一個黑黑的鼻尖，牠覺得十分疲累了。

因爲下雨，所有的氣味都特別濃鬱：鐵箭蒿和柏蒿刺鼻的藥香；被雨水打濕的篝火嗆人的青煙；羊倌們身上難聞的煙草氣；羊留下的膻味和新鮮的羊糞臭……細雨似乎把這些味兒也打濕了，使它們變得沉重，久久不能散去。而遠處的、來自地堰周圍的、需要黃黃監視的狼的腥氣，卻一絲兒也聞不到！

呵，真睏！黃黃打了個哈欠。

牠很想睡一覺。回青牛村十來天了，每一夜，牠的神經都繃得緊緊的。狗群和羊群眼睛裡流露的驚慌，山溝山坡上凌亂的狼腳印，深深刺激著牠。想不到，在牠出走的十幾天裡，狼會如此囂張。牠覺察到了任務的重大，恨不得立時把惡狼翦除乾淨……

那狼也乖，這些天來聲息全無，再沒露過面。是知道黃黃回來了，還是一隻肥羊就吃膩了？不知道。於是，老羊倌和狼叼兒逢著過路人便誇：「還是咱黃黃，一回來景象便不一樣。」……

黃黃挪挪身子，把一支壓彎了的鐵箭蒿從身下拿出。那粗硬的草莖無力地一彈，拂著黃黃的身體慢慢挺起，黃黃覺得很舒服……

「嗷嗷，嗷——」

什麼？牠陡然一驚，霍地站起。獅獅的哀號——獅獅充滿恐怖、令人毛骨悚然的哀號！剎那間，黃黃睡意全消！

狼到底又來了！

在羊倌們打起羊群挪臥場的時候，獅獅憋了泡尿。待羊群安靜下來，牠跑到地堰邊，正要蹺腿撒尿，突然瞧見地堰上爬著一隻狼。牠驚恐萬分，哀嚎著逃回來，一頭扎進羊群。

這一回，不是狼找羊兒，而是羊兒找狼。狼奸猾地冒著雨，在狗兒們的包圍圈外潛伏了大半夜，等著羊群挪臥場。牠們知道，下雨天，氣味和聲音都傳不遠。而這塊地大，羊群又一下子臥不過來。

獅獅一叫，狼猛撲下來，叼起一隻羊羔就跑，三兩步便跑下了梯田。

「汪！」黃黃忿恨地大叫一聲，緊追而去。

群狗騷動了，也狂吠著緊追……

雨絲還在搖曳。

2

還是上回的手段，狗群剛剛跑走，母狼又撲下來，趕走了一隻羊……牠也在地堰邊趴著。由於雨，黃黃沒有嗅到牠的味道。

公狼叼著羊羔，不慌不忙地在雨夜中跑。牠知道黃黃就在身後，但牠正要把黃黃引開。牠一氣兒跑出上千米遠，看看狗群攆到屁股後面，才急忙跳下一道石壁，把嚇暈了的羊羔往身下一按，趴在羊羔身上一動不動。等狗兒們亂叫亂嚷，呼呼從牠頭頂上飛撲過去後，公狼扔下小羊羔，翻身就往回折。這時候，臥場上不會有大狗了。

牠也叼走了一隻羊。

等黃黃和花花趕著小羊回來，一對大灰狼早趕著兩隻肥而矯健的山羊，向雨幕深處遁去。

「哪去?那邊!喔——狼，羊!」

狼叼兒氣急敗壞地揮舞著羊鞭向狗群戳點。他頭上的毛巾不知哪兒去了，一身的泥和水。

黃黃嗅到了泥水中的狼跡。牠對自己的上當痛悔不已，心裡那團火燒得更旺了。牠嗖地跳下地堰，風一般地鑽進黑暗中。狗群吠叫著，蜂擁而去……

老羊倌張石頭拄著羊鏟，一腳高一腳低地在溜滑的山間小路上奔竄。他要去追狼，和狼拚老命。他不明白今天夜裡來了多少隻狼，也不明白找回了黃黃怎麼還丟羊。

「這樣下去，俺還能放羊嗎？」當黃黃領著狗群泥水四濺地跑過身邊，他還在嘟囔。

「石頭叔，石頭叔，快回去！你跑這兒來幹什麼？」

狼叼兒把羊攏到一起，看看老石頭不在，怕他出事，急忙找了來。

「打狼……他娘的，這狼越來越貪，越來越狠。這一回，是兩隻羊，兩隻羊呵！」

「打狼？嗨嗨，還用得著你？」

聽老羊倌說他要打狼，狼叼兒又著急又想笑，急忙上前拉住了他。

「快回去吧，這會兒羊群沒人管了。打狼自有黃黃牠們……你還信不過黃黃？」

老羊倌清醒了，羊群怎麼能沒人管呢？他急急忙忙跟狼叼兒往回走。他也想笑，人去打狼，追不上也找不著，打個屁呀？還得靠狗……剛才急糊塗了，明明看見黃黃去，還追什麼？

「可是，狼跑走半晌了，狗群還攆得上？」

老羊倌心裡畢竟有些放不下。

3

漆黑的雨夜裡，黃黃箭一般地飛竄。夜幕掩護著狼的身影，雨絲兒擦抹著狼的氣味和足跡。不過，追蹤不單單是眼睛和鼻子的事，還需要有腦子的分析和判斷。黃黃不愧是條好牧羊狗，牠憑著若有若無的氣味，憑著斷斷續續的腳印，憑著小路旁踩倒的草和碰折的灌木枝條，準確地跟在狼屁股後面，速度一點兒也不慢。狼的花招甩不開牠，黑夜和細雨也不能把牠阻攔……

老狗泥鰍和半截尾巴開始跑得很快，離臥場遠了，便漸漸放慢了腳步。牠們放了一輩子羊，從小跟狼打交道，對狼的習性熟悉得很。但牠們也看到了今夜的形勢，看到了老羊倌激憤的臉，看到了頭狗黃黃兇兇的眼神。今夜，一場血腥拚殺是不可避免的。於是，奔跑中，牠們悄悄地落在了後面。

忠勇的花花緊緊跟著黃黃，把小路上的稀泥積水踢得四處飛散。牠很氣憤，自黃黃出走以來，狼把牧羊狗折騰得苦啊！牠們一次次賣力地追狼，卻一次次撲空……爲這，牠沒有少挨羊倌們的鞭子。牠還從沒見過狼敢這樣猖狂，從沒見過狼敢戲弄牧羊狗！

這一回好了，狼又來了，這可是老鼠舔貓鼻梁——自找倒楣。牠要跟著黃黃懲治這倆傢伙，出一口惡氣……花花渾身是勁，顛兒顛兒地飛跑。牠的脖鈴在雨夜中「叮鈴鈴」地發出脆響，給遠遠跟在後面的兩隻老狗指示著方向。

爬過一道山梁，又爬過一道山梁，時而模糊時而清晰的狼足跡，順著一條彎彎繞繞、若隱若現的小徑，伸向青牛嶺西面的大山谷。那山谷荒僻幽深，是狼和豹的領地，狗兒們從不敢越界深入。

翻上一座陡峭的山梁，山石草木上的狼豹氣味猛然撞進狗兒們的鼻孔。這些濃重的氣味是狼豹們頻繁活動留下的，這兒已是黑黝黝的荒谷的邊緣！泥鰍和半截尾巴怯怯吠著，腳步更慢了。

花花搖著脖鈴，緊緊向黃黃靠攏。黃黃也有些緊張，頸毛「刷」地蓬起。牠來過這兒，險些被大公狼咬死。但牠更多的是著急，牠必須在荒谷外追上那兩條灰毛畜生。牠眼前總是晃動著老羊倌悲憤焦急的面容和狼群囂張的黑影。牠心裡有一團火，咬咬牙，又加快了腳步——這一回，無論如何不能再讓狼逃掉了。

「咩——」草叢裡忽然傳出一聲咩叫。黃黃一下子收不住腳，在原地轉了個圈兒，險些和花花撞上。

「汪？」花花跳到一邊，急急地問。黃黃皺皺鼻子，沒有回答，只停留一瞬，又箭一般地飛跑起來。花花稍有遲疑，也放開了四條腿，匆匆搖響的脖鈴重新灑在濕草上……

兩條老狗顛兒顛兒地跑過來了，牠們也發現了草叢裡的羊。泥鰍跑過去，連拱帶吼，把羊趕上了回羊群的路。牠正巴不得趕快離開這危機四伏的地方。半截尾巴低頭嗅了一圈

兒，有些猶豫，最後還是毅然猛跑一陣，追趕起花花……

夜漆黑，雨不知什麼時候停了。花花忽然發現黃黃不見了。

「汪！汪汪！」牠急得大叫，卻沒有回聲。於是，又低頭嗅著狼腥味窮追起來。牠相信，黃黃絕不會臨陣折回，絕不會放過這兩隻惡狼，一定在前面什麼地方等著牠。

花花身後，半截尾巴在小心翼翼、東張西望地跑。牠要跟頭狗和花花懲治惡狼，卻既不靠前，也不靠後，始終和花花保持著一箭之遙……

4

母狼叼著山羊脖頸，左扯右推；公狼跟在山羊屁股後面，連撞帶咬。山羊又驚又怕，熬不住痛，在這泥泥水水的山間，按照狼的意願左拐右彎，風一般地奔跑。

狼和羊的身後，遠遠地，飄動著一絲時斷時續的脖鈴聲。狗兒們在追！但那還相距很遠，翻上大山梁，拐過小山角，就是那條黑黝黝的大山谷了，兩隻老狼興奮起來。

黃黃回來了，牠們聽到了牠的吠叫。但是，透過近一個月來和牧羊人、牧羊狗的周旋，牠們變得膽子更大了。這幾天，秋雨綿綿，牠們找不著食物，便又來打這群羊的主意。沒想到今夜冒雨偷襲，竟又這樣容易地得了手。

牠們把黃黃也不放在眼裡了……牠們趕著兩隻羊，原本都要趕進大山谷，可一隻狼趕一隻羊，不好趕，跑不快。聽到狗脖鈴聲在漸漸靠近，離山谷口卻還有一段路，便忍痛丟下了一隻。上回雖然在黃黃眼前趕走了一隻羊，但那回是鑽了黃黃腿受傷的空子。

「做事還是穩當一點兒好」，兩隻狼很會盤算，以後的日子長得很。丟下的那隻羊，或許還是個障礙，擋住狗群，使自己穩穩逃逸。和牧羊狗打交道久了，牠們已摸透了狗的脾氣。牧羊狗，特別是黃黃，不會丟下羊兒不管的。

雨停了，山野裡仍然很泥濘。狼和羊在泥水裡並排跑，你滑我跌，碰碰撞撞，怎麼跑也不俐落。特別是在小徑分岔的時候，懵懵怔怔的山羊往往徑直跑下去，兩隻狼不得不前堵後截，這使狼群奔逃的速度大大減慢了。不過，狼群不怕，牠們知道，這天氣對牧羊狗們一樣不寬容……鑽出深深的草叢，繞過陡峭的小山，前面再有一小段路就是黑乎乎的山谷口。兩隻老狼抬頭喘了口氣，脖頸上蓬起的毛漸漸平順下來，腳步也不由得放慢了——牠們到家了。

驀地，一叢醋柳葛針後面「撲」地躥出一條黑影，閃電般一躍，跳過山羊撲向母狼！公狼嚇得腿一顫，驚叫了一聲。

在那黑影騰空撲來的一剎那，牠瞅見了一對熟悉的、勇猛無畏的眼睛。這是黃黃，到底追上來了……可是，牠怎麼抄到了自己家門口？一個痛苦的疑問在公狼腦海裡一閃。時間不容多想，公狼心裡一沉，齜出牙，懷著刻骨銘心的仇恨投入了決鬥。

在這裡，在家門口，狼絕不甘心把到口的美食丟掉。

母狼沒有防備，被撲翻了，山羊也被扯倒在地。黃黃一嘴咬下去，猛一甩頭……牠太衝動，沒有咬準，只在母狼頸上撕開一個大口子。沒等牠掉過身，公狼怪嚎著衝來。黃黃只來得及一閃，「喀」的一聲，公狼利齒相合，黃黃肩膀上的皮肉被撕下一塊。

黃黃沒有停頓，立刻進行了反撲。牠不像別的獸，受了傷，要先跳出圈子，等鼓足了勇氣，再衝過去拚鬥。牠不，毫不停息，幾乎就在狼咬破牠肩膀的同時，尖尖的犬齒便刺進了公狼的右臉。

公狼扭著脖子，拚死掙開，那臉上的皮被扯下一片，右眼也被撕傷，血從眼眶裡湧出。母狼一見，一骨碌躍起，瘋瘋地加了進來。黃黃於是打著旋兒，躲閃著兩面夾攻。狼受了傷，便也瘋了，老巢近在咫尺，卻只要拚命，再不想逃避。但這正好，黃黃正要纏住牠們。

黃黃早就嗅出，狼趕著兩隻羊。當牠發現草叢裡那羊時，曾有一瞬間的猶豫。但牠馬上覺察到，還有一隻羊在狼口裡。此刻一分鐘也耽擱不得，這兒離山谷口已經沒有多遠了，牠焦急地看了看陡峭的小山，決定翻過去。

這雖然危險，卻並不是不可爬。狼群在爭取時間，牠也必須想方設法趕在狼前頭……牠被山谷荊棘扎得遍體鱗傷，終於在山谷口截住了兩隻狼！

山羊懵懵怔怔地爬起來，戰戰兢兢地躲進了路邊的草叢。兩隻狼一味拚命，再也顧不得牠。黃黃一面機靈地閃躲，用肩膀抵擋有時閃不開的狼牙，一面瞅準空子兇猛反擊。

牠發覺公狼右臉被血糊住，看不清了，就總從右邊進攻。幾十回合之後，公狼右臉上的傷口被撕大，脖子上也被咬開一個駭人的口子。老狼不想活了，頸毛蓬起，低頭咆哮，發瘋般地撞、撲，撕、咬，恨不能一口將黃黃生生吞下。但牠顯然因傷重而衰弱了，喘息著，哆嗦著，長長的咆哮聲中透出一種駭人的絕望。

母狼傷不重，牠一股勁從另一面撲咬黃黃，牽扯這條兇猛的大狗，不讓牠喘氣。黃黃有些氣惱，不得不旋轉著，跳躍著，時時留心躲開另一面的利齒。漸漸地，黃黃有些氣喘起來……

空氣潮濕的夜幕中，傳來了急急的脖鈴聲，花花終於趕到了。看到黃黃正與兩隻狼周旋，牠激動不已，一團旋風般地衝進搏鬥的漩渦……

花花一接戰便死死纏住母狼，用自己的分量撲、壓，用寬厚結實的胸脯碰、撞，一回回把母狼掀翻在地。花花總把戴著鐵刺皮項圈的脖頸亮給母狼，然後趁牠不敢下口的瞬間，撕扯牠一口……

血，從公狼傷口裡汩汩淌出，灑在山谷口的草地上。牠不再絕望地喘息，不再嚎叫，不再費力地東躲西閃，不再怕骨頭被黃黃咬碎，只是一味地攻擊，不顧一切地撲打，牠要

九、決鬥

和面前這個不共戴天的仇敵同歸於盡。

黃黃畢竟有些疲勞，但花花的到來使牠精神大振。因爲撇開了母狼，牠的精力集中了，牠已瞧出公狼的用意，只是虛虛實實地撩鬥，輕輕巧巧地躲閃，消耗公狼的體力，等待最後一擊。

公狼被激得氣血封喉，喘息聲越發粗急起來，牠瘋狂地轉著圈兒，追逐黃黃，跳、咬……老狼腳步虛浮了，跳咬越來越不準。

該完事了，黃黃用足力氣，猛一撞，老狼翻倒在地。當牠還在掙扎不起的當兒，黃黃一撲，死死咬住頭暈眼黑的老狼脖梗，發力一撕，熱血頓時噴濺而出……

老羊倌可以放心了！

就在黃黃撒嘴一跳時，一條黑影撲上來，咬住還在垂死掙扎的老狼，在草地上滾作一團。這是老狗半截尾巴，牠故意來遲了一步。

母狼長嚎一聲，撇下花花，朝半截尾巴撲去。花花一口咬住牠一條腿，「喀吱」，腿斷了……使花花惶惑的是，母狼竟毫不理睬，只是什麼也不顧地向半截尾巴衝撞。

黃黃從側面把牠撞倒，牠打了個滾，黃黃又撲上去一口，把牠的下嘴唇撕脫了，牠爬起來還是要去衝撞半截尾巴。黃黃和牠並排跑著，只要一扭頭便可咬住牠的脖頸，但牠毫不避讓的瘋狂，卻使黃黃怔忡起來……

公狼慢慢停止了掙扎。瘋瘋癲癲的母狼把半截尾巴從公狼身上撞下去，半截尾巴張著血糊糊的大嘴低嚎著，恫嚇著。母狼理也不理，牠用受傷的嘴拱著公狼，想幫牠站起來，但公狼一動不動……母狼失望了，牠用鼻尖蹭蹭公狼血糊糊的臉，長嚎著，一瘸一拐地向荒谷中遁去……

漸漸地，母狼的叫聲遠逝了，山野又恢復了寂靜。

黃黃全身傳過一陣輕微的顫抖。想不到，這兩隻奸詐狡猾，和牠們打了幾年交道的老對手，就這樣被徹底擊敗了。牠低下頭，弓起腰，撲撲簌簌地抖掉渾身的泥水，蹲了下來。那羊就在旁邊的草叢裡，悄悄探出長著一綹鬍鬚的腦袋。牠看到頭狗黃黃一身血和泥，已經變了樣，很有些吃驚。

花花和半截尾巴也抖了抖身上的泥水。看到羊，兩隻狗把牠趕了出來，羊沒有受傷，還能跑。「汪！」天還很黑，應該馬上離開這兒了。花花和半截尾巴看看黃黃，見牠正伸長脖頸，把鼻尖指向青牛嶺，便也抬起了頭。

天還沒有放晴，但烏雲不再是一整塊。有些地方露出了星星。青牛嶺頂上，啓明星在雲彩縫隙中閃爍，晶亮晶亮，就像是一枚微微晃動的勛章。

幾天後的一個早晨，迎著金色的陽光，一隻巨大的鳥兒從荒谷中飛起，黑色的翅膀吃力地拍打著。

九、決鬥

在鐵打銅鑄一般的粗爪下，一隻瘦骨嶙峋、遍身傷痕的動物垂著頭和蓬鬆的尾巴。這隻動物的皮毛是灰色的，骯髒，沾滿了血污。牠被巨鳥攫著，飛過山梁，飛上高空，越來越小，牠好像是一隻……狼！

十、狗將軍

1

華北的秋天十分短暫，好像才眨眨眼，冬天便降臨了。幾場西北風吹過，青牛嶺上的楊樹、榆樹、山櫟、核桃……紛紛落下了葉子。土層瘠薄處的雜草枯萎了，青翠的葉、絢麗的花，統統變成一片片斷枝殘梗。一叢叢灌木，向藍天伸出光禿禿的枝條。

唉，有榮有敗，有盛有衰，自然界的發展有它固有的規律，誰能擋得住呢？

一隻金錢豹在黃土崖上逡巡徘徊。一會兒抬頭向遠處看看，一會兒低頭抽抽鼻子，齜出有些發黃、卻懾人心魄的獠牙。豹的尾巴，鋤頭把兒般粗細，彎彎地拖在屁股後面，就像一截粗鋼纜。豹腳下，枯草敗葉一直鋪到崖邊。枯草梗中掛著羊毛，撒著滿地黑豆似的羊糞，散發著強烈的羊膻毛。

豹久久地在黃土崖上徘徊，碗口大的爪子落在枯草梗上，飛起一絲絲輕微的、嘎巴嘎巴的聲息。微風一吹，又散了。

一入冬，天寒地凍，深山裡鳥獸少了，豹沒食物吃，下山來了。

黃土崖下是一條大車道，傍著麥田，蜿蜒地伸向青牛嶺。

太陽快落山了。

忽然，黃土崖下的大車道上熱鬧起來。一大群羊咩咩叫著，呼呼隆隆地拐過彎道，踩起一片黃色的飛塵。

羊群後面，倆羊倌也露了頭。老羊倌搖著羊鞭，年輕羊倌背著一捆枯乾的灌木枝，高興地邊說邊走。一群牧羊狗在羊群前後輕輕快快地奔跑，清脆的狗脖鈴聲和著咩咩的羊叫，形成一部太行山特有的牧羊曲……再翻過一道小山梁，就到村口了。飛揚的黃色土塵中，翻捲著刺鼻的羊膻氣，也翻捲著牧羊人的輕鬆和歡悅……

2

泥鰍跑在路邊壁立的黃土崖上。拐過彎來，看見路那邊全是麥田，便從崖上跳下，加入了黃黃、花花一夥。

剛入冬，天氣乾燥。地還沒有完全凍硬，羊兒是不能啃麥苗的——羊兒吃麥苗，一扯，常常把根也拽出來。泥鰍不愧是一條經驗豐富的老牧羊狗。

收了秋，耕過田，羊群就不必再在山野中臥地了。每天清早，羊倌們領上牧羊狗，羊鞭一甩，趕牠們到山野中放牧。傍晚，幾聲吆喝，又帶牠們回村進圈。於是，羊倌們便也可以在暖和的炕頭上度過漫漫寒夜……

羊群呼呼隆隆地擠在黃土崖下走。有幾隻嘴饞的羊斜睨著路邊青嫩的麥苗，不住地磨動上下牙齒。幾次擠到路邊，看到威嚴矯健的牧羊狗，又趕快擠回羊群，歸巢的鳥兒嘰嘰喳喳地掠過羊倌們的頭頂，老羊倌興沖沖地走著，嗓子有些癢，想唱。看看狼叼兒，只是使勁咳了兩聲。

他舉起鞭子，鞭梢一捲，「叭！」空中炸開了花兒。

「石頭叔，又想唱『牧羊狗跟咱親又親』啦？」

狼叼兒一句話揭到了老羊倌心上——閒來沒事，老羊倌自編自唱過一段山歌，其中有一句就是牧羊狗跟咱親又親。

「嘿嘿，」老羊倌有些不好意思。瞬間，他又轉守為攻，「怎麼，你還覺得牧羊狗不親近？」

「親近？怎麼親近？再怎麼說，狗也不是人呀！」

「嘿嘿，你小子，怪不得大家叫你狼叼兒。你那良心讓狼叼去了。」老羊倌笑罵起

來。他知道，狼叼兒這是故意說渾話逗趣，其實他已和狗兒們很親近了……剛才他還說，快過年了，應該好好犒勞犒勞黃黃牠們。沒有黃黃，這群羊絕對長不了這麼好。

狼叼兒也嘿嘿笑起來。他覺得肩上的柴捆有些鬆。一抖，柴捆中別著的小斧頭掉了下去。他正想彎腰拾起來，一股狂風從身旁的黃土崖上刮下，嚇得他一哆嗦，斜倚在土崖上。

一件意想不到的事發生了！

3

事情發生得太突然，還是在太陽沒有落山之前！

人呆了，狗愣了。

豹在羊群中撲跳，左一爪，右一口，眨眼撂倒了好幾隻。羊兒們不叫，也不逃，戰戰兢兢地垂下眼睛，任其宰割……餓豹一邊撲咬，一邊低低地吼。一隻羊頸被撕開，噴濺出滾燙的鮮血。豹按住羊頭，低頭嗞嗞地嘬，邊嘬邊又抬起一爪，扳過一隻羊，「啪」地打倒在塵埃中。爪一劃，撕開滾圓的羊肚，從從容容拱進頭去，在羊肚裡大吃大嚼……

「呔，他娘的，你……」

狼叼兒最先清醒，眼睜睜地看著這麼多羊被糟踐，他心痛。這是他、老羊倌和牧羊狗們吃盡千辛萬苦才養育出來的呀！他忍不住大喝了一聲。

「吼嗚——」餓豹聽見人喝罵，從羊肚子中退出腦袋，抬起滿面血糊的臉，冷冷盯著狼叼兒，低低地吼。那聲音彷彿出自豹的胸膛，聲音不大，卻震人心魄。狼叼兒的心突突跳起來，腿有些軟，再也罵不出聲。

這是在野外，在兇殘暴戾的豹面前！

狗群不知什麼時候都偎到了羊倌腿邊。泥鰍和半截尾巴哆哆嗦嗦地抖著身子，四條腿篩糠般打顫。獅獅拱在狼叼兒兩腿中間，尿個不住。就是一向不知道害怕的花花，也把尾巴夾起來，藏到了肚子下。

黃黃離羊倌稍遠，也是兩眼緊盯著豹，不敢叫也不敢咬……近幾十年來，太行山裡的老虎滅絕了，豹便成了獸中之王。

豹見人和狗都在注視，便不再撲咬，叼上一隻肥肥的綿羊，爪一按，跳上黃土崖，一溜小跑地揚長而去……

4

「他娘的，真沒出息，嚇成這副模樣！」

豹去遠了，狼叼兒那顆年輕好勝的心又陡地雄壯起來。他忽然覺得腳像泡在水裡，低

十、狗將軍

頭一看，獅獅尿了一地。尿濕了他的鞋，還在靠著他的腿哆嗦。他氣惱地飛起一腿，把獅獅踢出很遠，獅獅嗚兒嗚兒慘叫起來。

其他幾條大狗吃了一驚，泥鰍和半截尾巴從羊倌身旁「嗖」地跳開了。

「石頭叔，我去奪回羊兒。」

狼叼兒主動請戰。不過，他也心存僥倖。他覺得，山野那麼大，豹又跑得快，誰知這會兒跑到了哪兒。他這一去未必就能碰上豹，轉一圈回來，也好向村裡人有個交代。

「不行，不行，沒有幾條快槍，治不了那東西。」老羊倌連連搖手。

看著遍地血肉狼藉的死羊，他也很痛心。風裡雨裡，生生死死，好不容易熬到這時候，誰知又碰上個劫道的……可是，他怕人遭不測，那就更難向村裡交代了。

「嗨，等咱回村拿了快槍，豹早跑遠了……怕啥呀，武松能打死老虎，咱不信打不過豹子。」狼叼兒說著說著，還真來了勇氣。扔下柴捆，拾起了小斧頭。

「黃黃，走，把羊奪回來!石頭叔，你趕上羊回村吧！」

狼叼兒下命令似的說完話，後退幾步，一個助跑，「噔噔」，攀上了黃土崖。

「狗仗人膽，人壯狗威」，主人只要天不怕，地不怕，狗兒們的膽子便大了許多。聽得主人招呼，牧羊狗們「呼、呼、呼」，一條跟著一條躥上黃土崖，追隨狼叼兒去了。

老羊倌搖了搖頭。心裡又喜又憂。想不到，放羊一年來，狼叼兒膽子越來越大。可他又怕人和狗遇到危險，急忙趕上羊群，回村叫人去了。

有經驗的獵人都知道，豹是一種膽子很大的野獸。捕到了食物，並不遠去，找一個偏僻地方，扔下就吃，吃了便守著食物休息。待身體中的疲乏消失，才再扳過獵物大吃大嚼，直到把獵物吃盡。

果然，狗群順著新鮮嗅跡追進青牛嶺下的一條大山溝，在一塊枯草掩映的大石頭旁找到了那東西，牠咬死叼來的羊，掏吃了心肝五臟，正舒舒服服地眯起眼臥下，準備休息……

那豹是突然出現的，起碼狼叼兒有這樣的感覺。他想不到，忠心的狗真帶他找到了豹子！更想不到，沒找多遠，那豹便猛地挺在眼前。

狗群卻步了。一瞬間，狼叼兒頭皮發麻，眼發黑，想轉身溜走，腿卻邁不動……但這只有一瞬！豹很機敏，聽見人聲狗吠，怔了一怔，叼起羊兒便走……牠只是餓得受不了，出山找口東西吃，並不想和牧羊人、牧羊狗打仗。

「哈嘿，牠還怕我！」狼叼兒見豹顛兒顛兒地扭身跑了，膽子又陡地壯起來……豹竟然也怕人！原來只盼不要找到豹，現在，他是真的想從豹嘴裡奪回羊兒了。

「黃黃，上！」

狼叼兒揮了揮小斧頭。他覺得，這豹子不過百十多斤重，自己這麼一條漢子，也是

百十多斤呢！再說，身邊還有黃黃，這可是一條咬死過狼的好狗！

見主人帶頭衝了上去，狗群便也「嗚嗚汪汪」地狂吠著，撒開了腿。前面說過，主人不怕，狗兒們便也不怕。

豹跑得快，人和狗追得快；豹跑得慢，人和狗追得慢。豹被激怒了，時時放下羊兒。回頭向人和狗吼幾聲。狼叼兒卻越來越大膽，以爲豹不過是恫嚇。他一邊鼓勵狗，一邊斥罵，甚至敢撿起石塊向豹投擲。

忽快忽慢，走走停停，人和狗跟著豹爬上了高高的青牛嶺，快到嶺頂了，看看人和狗還不依不饒地緊追，豹再也按捺不住滿腔怒火。牠沒想到，吃一隻羊，牧羊人竟纏個沒完沒了。牠急急躥上一個陡坡，驀然丟下羊兒，扭頭向狼叼兒撲來——牠恨透了這個猖狂的牧羊人，要居高臨下，以沉重的一撲，俐落地把狼叼兒幹掉！

狼叼兒正呼呼哧哧地爬坡，一抬頭，豹已凌空撲起，那氣勢，好像泰山壓頂，不由得撲通一聲跌倒在地。

看著豹怒火噴射的圓眼和往前伸出就要攫人的兩爪，他心膽俱裂，直到此時，他才真正領略了豹的兇猛。他有些後悔，但生死之際，刻不容緩，求生的本能使他就地一滾，並且隨手把小斧子向豹一揚。

豹翻了個跟頭。牠前腿上挨了一斧，但傷不重，小斧頭不大，狼叼兒又是躺著砍的，沒多大勁兒。豹氣惱地大吼一聲，轉身又躥上了坡，狗兒們已四散逃開。狼叼兒正要翻身爬起，豹伸爪扳住了他。

狼叼兒扭頭看到豹，魂飛魄散，順手從肩上砍過去一斧，失聲喊起了黃黃……豹頭閃了閃，小斧頭砍空了。豹狂怒地一口叼住斧子，咯咯吱吱咬起來，卻咬不動。豹扳過狼叼兒，一爪拍在胸口上。狼叼兒躺倒了，腦袋砰的一聲碰著山石，昏了過去……

5

狗群在狂奔，黃黃在狂奔……豹的突然反撲，使牠們一時失態了。

對於豹，狗兒們十分害怕。正像老鼠對於貓，狗兒從來都是豹食譜上的一道菜。無論就速度的快疾，筋肉的強健，狗都遠遠不及豹。今天，黃黃本不願追豹，牠知道不會有什麼好結果，但主人的英勇，使牠亢奮。

山坡上傳來主人慌急的呼喚，黃黃一激靈，猛然收住了腳。當牠回頭看到年輕主人的險境，急了！剎那間，恐懼感煙消雲散。牠汪汪狂叫著，不顧一切地返身向豹衝去。

花花見黃黃扭回了身，怔了怔，跟著竄回來。泥鰍和半截尾巴稍有遲疑，也顛顛躥上了坡。

豹吐出小斧頭，嗅嗅牧羊人，正要一口咬向他的咽喉，一條黑影風一般撲到，豹被撞

了個趔趄。牠定了定神，不由得驚訝不已。撞牠的竟然是條狗……更使豹吃驚的是，那隻撞牠的黃狗，趁牠立腳未穩，還敢一嘴咬向牠的咽喉。

牠躲開了，心頭卻不由得一顫，這樣兇猛的狗，牠還沒見過。看看其他三條狗也撲了過來，牠不敢大意，丟下牧羊人，專心致志地對付起狗群。

陡坡上，一隻豹和四條狗撲來跳去，剎那間便鬥得難分難解……

與狼不一樣，豹的打擊是沉重的。牠一撲一剪，絕不虛張聲勢，每次都把匕首般的獠牙直插對手咽喉。牠知道，那兒是命根子，一旦得手，頃刻間就能使對手斃命。狗兒們也深深知道，牠們沒有豹的準確與力量。但是，牠們也有牠們的法寶，這就是集體。只要大家團結一心，都冒死向前，大型猛獸也未必能占到便宜。千百年來，不論家狗野狗，都不乏以集體的圍攻，戰勝熊、獅等猛獸的範例。

豹看出來了，大黃狗是狗群的頭腦和核心，撕咬得最兇狠。其他三條狗有些膽怯，叫得駭人，卻不敢正面廝打。豹想快些結束戰鬥，便將打擊重點放在了黃狗身上……

黃黃也察覺到了危險，豹的獠牙利爪總是在牠身前身後飛舞。但牠不敢跳出圈子，主人正躺在牠身後的陡坡上。牠偷眼看看伙伴們，咬了咬牙：絕不能讓主人再陷豹口。生死由命，今天豁出去了。

狼叼兒蹬蹬腿，醒了。他感到胸中有些悶，一張嘴，咕嘟吐出一口又腥又鹹的血水。

這使他想起，他是被豹拍翻在這兒的。他嗖地一下坐起，摸到了小斧頭。

眼前的景象使他呆了：黃黃在捨生忘死地掩護自己！

他本能地想溜走，卻又覺得不好，狗兒們怎麼辦？聽豹氣咻咻的吼聲，絕不會和狗善罷干休。他想起放牧歸來時老羊倌說的那句笑話，不由得心跳起來——今天這事，完全是自己好勝冒險造成的。黃黃捨命爲自己，自己怎麼能溜走呢？

狼叼兒搖搖擺擺地從陡坡上衝了下去。

羊倌的參戰，使狗群鬥志大增。花花的叫聲又兇又狠，半截尾巴和泥鰍也敢衝上去撕咬豹一口了……豹氣惱異常，把攻擊重點再一次放在牧羊人身上。牠睜圓血紅的眼睛，緊緊盯著舉著小斧子的狼叼兒，尋覓致命一擊的機會。

這使黃黃的壓力驟然減輕，牠更靈活了，時時想撲上去咬豹的咽喉，那兒有一條大動脈。

對主人的參戰，黃黃很驚訝，但很快又醒悟過來：豹性格暴烈，惹惱了牠，就只有你死我活的格鬥了！

山坡不平，亂石絆腳。狼叼兒趔趔趄趄，站不穩當。豹終於找到了機會：牧羊人跌了一跤。不料黃黃更快，早撞上去，照豹咽喉便是一口。

豹正想撲擊牧羊人，見狀急甩腦袋。「喀」，兩隻獸的獠牙碰到了一起。黃黃的唇舌

淌出了血，但牠沒退縮，一低頭咬住了豹的前腿。豹牙床上也淌出了血，怒火中燒，趁勢叼住了黃黃的一隻耳朵。

狼叼兒站了起來，急忙揚起斧子……豹比他更靈活，拖著黃黃一跳，黃黃的耳朵連帶耳朵下的一片皮肉被生生撕了下來。豹也受了傷，豹的一條前腿被狼叼兒砍過一斧，此時又被黃黃扯下一大塊肌肉，再也不能隨意收縮了。

兩隻獸都受了傷，人、狗、豹又開始了新一輪周旋……

頭頂傷口的劇痛使黃黃暴怒了，牠瘋狂地撲、閃、撞、咬，一刻也不停止進攻。牠把肩膀讓過去，總想在豹咬牠肩時，一口咬住豹喉嚨。豹氣得兩眼發黑，牠從未吃過這麼大的虧，把攻擊重點重又放回黃黃身上。

黃黃肆無忌憚的進攻，使豹喪失了理智。終於，牠上當了，忍不住一口咬住黃黃過於暴露的前腿。而黃黃卻一口咬住了豹的脖頸……可惜，沒咬到大血管，兩隻獸又咬到了一起。

豹一條腿受傷，咬著黃黃的前腿，自己也站不穩。黃黃也不具備大型貓科動物那樣強有力的咀嚼和粗壯有力的爪，一下把豹的粗脖子咬斷或把頸椎掐折。但牠不願鬆嘴，只想尋機倒一下口，找到豹的那根血管。

狼叼兒和狗群在兩隻獸周圍蹦來跳去，吶喊著給黃黃助威。他和牠們早沒了恐懼，只覺得一股股豪氣在胸中激盪……

豹翻了過來，花花嘴大，一口咬住豹的胯下，撕下一大塊皮肉。半截尾巴在豹肋上啃了一口，豹側胸上似乎露出了骨頭。

狼叼兒揚起斧子，狠命劈下，劈進了豹頭骨中……豹疼痛難忍，大吼一聲，平地跳起丈把高。花花和半截尾巴被彈開了，狼叼兒倒退了幾步，黃黃的腿被咬斷了，在陡坡上翻滾……

這一回合，雙方傷勢都很重。豹遍體鱗傷，腦門上還挨了致命的一斧。雖不會馬上就死，怕也難再活命。黃黃折了一條腿，脖頸在翻滾中不知怎麼被豹撓了一爪，也是皮開肉綻，極其嚇人……

豹頭痛難忍，怒火攻心，再也不想走脫，一味要與牧羊人拚命。狼叼兒揚著小斧頭，在豹牙豹爪前瘋了一般地周旋，也不想再走脫——他也眼紅了。黃黃的英勇激勵著他，黃黃的傷和血使他感覺到自己責任的重大。他忘了生死，覺得只有打死豹子或被豹咬死，事情才有個結果……黃黃懸著傷腿，和狗群追著豹撕咬，無奈豹不理牠們，一心只要報一斧之仇……

豹轉了過來，狼叼兒舉起了斧子。豹拖著傷腿跳開了，狼叼兒用力過猛，險些砍在自己腿上……小斧子未能再一次舉起，豹扭回頭，一撞，撞倒了他。豹痛恨狼叼兒至極，張口就要咬他腦袋。

狼叼兒一滾，豹的獠牙刺穿了他肩頭的棉襖和老羊皮……黃黃箭一般撞過來，豹倒了，黃黃也倒了。豹氣得腦袋發昏，吼一聲，翻身坐起，惡狠狠向黃黃腦袋咬去。黃黃一低頭，抵住豹下巴，就勢咬住豹脖頸……這一回，牠終於咬到了豹脖頸中那條騰騰亂跳的東西，牠很高興，主人和其他的狗將得救了，襲擊羊群的山大王就要得到懲罰了。任豹的大爪在身上撕拽，黃黃再也不鬆口，山坡上，兩隻獸半坐半蹲，又一次纏死了。

群狗撲上去。在豹身上兇殘地亂撕亂咬。從來懶而膽怯的泥鰍，眼睛也射出亢奮的光。牠見豹那隻沒有受傷的前爪在黃黃身上又抓又撓，急忙一口咬住，這使黃黃免受了更多的痛苦。

事情就到這兒吧，黃黃得了機會，上下頦肌肉用力收縮，犬齒深深插進豹脖頸，猛一甩頭，「喀」，一聲輕響，豹的頸動脈被扯斷了。

剎那間，血，腥燙的血，噴湧而出……

6

豹的力氣和生命，隨著血的瀉出漸漸消逝。

終於，一切都平靜下來。

狗兒們無力地在死豹周圍蹲坐著，舔自己身上一處處血肉模糊的傷口……小獅子狗獅獅不知什麼時候跑來了，一步一停地走到死豹跟前，嗅了又嗅，然後「啪」地跳開來，膽虛地望望羊倌和群狗。血的腥膩到底克服了恐懼，牠趴在死豹喉嚨上，怯怯地吮舔正在凝固的血，接著便又撕又扯……

豹躺在坡上，不穩，被扯得一滾，壓住了小獅子狗一隻前爪。獅獅嚇瘋了，發出一種從未聽到過的哀嚎，向坡下連滾帶爬地竄逃而去……

狼叼兒遍體血污，趔趄著走到黃黃身邊，擦著牠頭上身上那些駭人的傷口。黃黃臥著，一動不動。牠的黃毛被血浸濕，一綹綹地黏在身上。但狼叼兒仍然覺察到，黃黃在微微顫抖。

「失血過多！」狼叼兒害怕了，急忙掉頭回顧。山坡陡峻，青石累累，根本沒有什麼藥草。山腳下，一群小黑點在向嶺上攀登，是來救援的人們！喊他們是喊不應的，等喊應他們，一切就都晚了。

狼叼兒急躁地搓起了手。黃黃聽見這種乾巴巴的聲音，很不耐煩，抬起頭，舔舔羊倌手上的血污，爬起來，向一箭之遙的山巔蹣跚而去。

「別動了，黃黃，別動！」狼叼兒喊一聲，想要攆過去按住黃黃。

才走幾步，「啪」地滑了一跤，骨骨碌碌地滾下了坡。他踩到了一灘凝固的血漿上。狗兒們抬起頭，默默地注視著這一切，眼光中沒有悲哀，也沒有歡欣——現在，一切都只能聽其自然了。

黃黃頭也不回地向前走，彷彿什麼也沒聽見。牠搖晃著，極度虛脫，剛爬上嶺頂，就再也支持不住。

牠喘了口氣，開始爬，默默地向嶺頂中間那塊大青石上爬。大青石很乾淨，牠過去上嶺常上去蹲蹲，牠身後的石頭和黃土上，留下了一條長長的血痕。

太陽給黃黃罩上一層暗紅的色彩。牠的氣息已很微弱，血還在不停地向外流淌，但牠的心很寧靜，彷彿從來沒有經歷過什麼苦難和危險，也沒有什麼恩怨和委屈……牠感到了冷，但這沒有什麼，牠硬撐著，生命旅途中的這一小段，牠自信能挺過去。

黃黃在大青石上蹲坐下來，雖有些顫抖，卻很穩，好像一叢灌木，生了根，很久很久以來，就和這大山、和這岩石是一體，整整的一體。

黃黃俯瞰腳下的青牛嶺，久久地凝視……一條條山梁，一道道山谷，曲折蜿蜒。波濤起伏，透露出一派雄渾、野性十足的美。在這兒，牠出生、長大、護羊、下夜……還有，小溪邊那浪漫的一曲。

黃黃的嘴咧了咧，有些興奮。是的，牠有過艱難和屈辱的生活，但牠活得剛強，硬氣！

黃黃眨了眨眼，把目光投向遠方。

那遠方，依然是一條條山梁，一道道山谷。暮靄中，重重疊疊，起起伏伏，透露出一派冬的荒涼和淡漠，卻也帶著太行山的莊嚴和肅穆。

黃黃張了張嘴，想叫，終於沒叫出來——牠的嗓子失音了，但牠依然很高興，這一生，牠做得不錯。牠是隻牧羊狗，盡到了職責，對得起青牛村，對得起牧羊人，也對得起自己！

太陽就要落山，車軲轆般大的、紅彤彤的光輪，就像一張黃黃常吃的紅高粱餅。

紅高粱餅？粗硬，難以消化，卻是把黃黃餵大的紅高粱餅！

黃黃想起了老羊倌，「我……想再見見你，老主人！」牠低了低頭，看到了山腳下正向這裡攀登的人群。牠想從中分辨出哪個是老主人，但沒有做到，牠眼前黑了起來……

黃黃忽然一晃，從大青石上跌了下來。

輝煌的落日，在黃黃失神的眼睛裡，凝成兩個明亮的光點……

「黃黃，黃黃，我對不住你，對不住你呀！」

爬上嶺頂的狼叼兒，抱起黃黃，一串淚珠灑下，發出撕心裂肺的呼喊。

尾聲

小土包裡埋著一條狗。

每天，當朝陽升起的時候，第一縷玫瑰色的光線總是首先灑在小土包上，把小土包照得通亮通亮；當夕陽落山的時候，最後一縷橘紅色的光線總是遲遲不離開小土包，彷彿是要把小土包多擁抱一會兒……

沒有大樹的庇護，沒有小草的拱衛，小土包孤零零地蹲踞在光禿禿的青牛嶺頂上。

青牛嶺太高了，在青牛嶺這樣的高度，小草和樹很難生長，但是任憑暴雨的沖刷，任憑狂風的磨礪，小土包巍然屹立。

風剝去一層，很快，小土包又添了新土；雨沖去一角，很快，小土包又恢復了原樣。

這是黃黃的墳。

黃黃死了以後，青牛村的人們決定，把牠埋在青牛嶺頂上。

黃黃生前，每當下夜疲憊了，常愛在清晨爬到這兒，伸伸懶腰，抖抖皮毛，然後默默地俯瞰山川的秀美……讓黃黃在這兒安息吧，讓最潔白的雲霞陪伴牠，讓最晶瑩的朝露陪伴牠，讓牠和青牛嶺永遠在一起。

埋葬黃黃那天，青牛村的男女老少，幾乎都來了。連幾個常年不出門的老爺爺，也在兒孫攙扶下，三步一喘、五步一歇地爬上了青牛嶺。人們肅穆地看著黃黃被黃土一點點埋沒，就像是在看埋葬一個最親的親人。

一位上了年紀的老爺爺，沒了牙，說話漏風，用古腔古調念念有詞。人們不知道他念了些什麼，不過，最後一句「狗將軍」，大家倒是聽清楚了。

細想一想，也是，黃黃不僅救人救羊，平日的一舉一動，也的確有大將風度。於是，一個年輕人撿起一塊石頭，用石尖在黃黃墳後的大青石上劃下了幾個大字：「牧羊狗將軍墓」。

時間久了，大青石上的字早被風雨磨洗掉了。但「狗將軍墓」卻成了埋黃黃的這個小土包的名字。借由這個名字，小土包中的黃黃和埋黃黃的小土包的故事，也就越傳越遠。

小土包聳立山巔，背倚大青石，沒有草木做伴，卻也不寂寞。過路的牧羊人爬上山來，總要給它培一培土；過路的牧羊狗走到這兒，也總要圍著它轉幾圈，嗅一嗅，致以狗兒們的問候……

乖老虎啊嗚

一、老虎開溜

1

啊嗚是隻老虎——確切點兒說，是隻東北虎。

由於太陽照射角度、氣候和其他地理條件的差異，在千千萬萬年的自然演化中，生活在世界各地的同一類動物，便發生了形體的變化。

以人來說，熱帶地區的人皮膚變黑了，變成了黑種人；溫帶地區的人皮膚變黃了，變成了黃種人；寒帶地區的人皮膚變白了，變成了白種人。

老虎也是這樣。根據個頭、花紋和生活習性的不同，老虎中有爪哇虎、孟加拉虎、華南虎和東北虎。東北虎是老虎中個頭最大、皮毛底色最黃、模樣最威風最漂亮的一種。這種虎一般生活在中國東北和俄羅斯東部的山林灌叢裡。

啊嗚是隻東北虎。不過，這時候牠在馬戲團裡表演節目，住在一隻大鐵籠裡。這隻鐵籠由許多拇指粗的鐵棍焊成，長度比啊嗚的身材略長一些。啊嗚在鐵籠裡可以站起，可以臥下，但要轉身，卻非夾緊了尾巴不可。鐵籠比較狹窄，只比啊嗚兩肩略寬些。啊嗚尾巴、屁股上的毛，早磨禿了。

啊嗚不喜歡這隻狹小冰冷的鐵籠。小時候，剛關進鐵籠的時候，牠咬過抓過鐵籠上的鐵棍，但那鐵腥味很濃的鐵棍不怕牠，在牠的獠牙利爪前依然不聲不響，傲然挺立。牠發怒了，大吼著，用頭去撞鐵棍門，鐵棍門嘩嘩啦啦叫起來，可鐵棍還是鐵棍，牠自己卻把頭撞懵了，撞破了。

啊嗚無可奈何了，看看周圍，只好又忿忿地臥下來。

周圍也有許多鐵籠子。那些鐵籠子裡也關著野獸。有非洲來的老咪，四川來的黑胖兒，湖北來的寶寶……老咪是頭獅子，黑胖兒是隻狗熊，寶寶是隻熊貓。就像啊嗚一樣，這些野獸的名字也是馴獸員起的。

老咪半側身臥著，眯眼看著發怒的啊嗚，眼角裡流露出譏笑，似乎在說：「小子，撞痛了吧？不吃點兒苦，你不知道天有多高，地有多厚！」

黑胖兒倚著鐵籠子坐著，嘴裡唔唔地叫，也在看這邊，好像在勸牠：「啊嗚，沒用的，臥下吧。有吃有喝，算了……」

一、老虎開溜

啊嗚並不是一天到晚住在鐵籠子裡，也有被放出來的時候。那是爲了讓牠練一些莫名其妙的動作，或者是爲了上台演出。

一個拿著鞭子的女孩站在鐵籠邊，吆喝啊嗚：「這邊走，喂，這邊！」「那邊去，那邊！聽到沒有？」

女馴獸師梳著一條長辮子，臉上笑嘻嘻的，模樣既瀟灑又秀氣。可這瀟灑秀氣的女馴獸師厲害得很，啊嗚必須聽她的話。她讓啊嗚翻跟頭，啊嗚得趕快翻；她讓啊嗚拉著小車滿台跑，啊嗚得穩穩拉。

啊嗚如果瞪瞪眼，齜齜牙，她的小鞭子就揮動起來了。這常常使啊嗚大叫一聲，撲通一下栽倒在地——這鞭杆鞭梢連著高壓電。

當然，啊嗚如果不齜牙不瞪眼，順利地完成了她教的動作，也會得到一點兒獎賞：女馴獸師拍拍牠的脖頸，在牠回到籠裡去的時候，扔過去一隻縛著腿的兔子或雞。

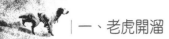

可是，天知道像啊嗚這樣身材魁梧、相貌堂堂的大老虎，做這樣一些可笑的動作有什麼意義。難道，啊嗚的父母生下啊嗚，就是爲了讓牠住鐵籠子，被人逼著去翻跟頭、拉小車？

漸漸地，啊嗚不咬鐵籠子了，在女馴獸師面前，牠越來越聽話。牠很少吼叫，很少瞪眼齜牙。訓練和演出之餘，牠總是臥下來，透過鐵欄杆，看一望無際的藍天，看悠然自在的白雲。

老咪隔著籠子嚇唬牠，馬戲團的猴子抓撓牠，牠只是忽閃忽閃眼睛，至多抖抖皮毛，然後，依舊從鐵籠裡向外看……向上看……

梳辮子的女馴獸師高興了，逢人便說：「啊嗚訓練好了！瞧，牠多乖……」

沒想到，有一天，乖老虎啊嗚忽然失蹤了。

2

爲了演出，馬戲團經常和火車汽車打交道。昨天在那個城市，今天到這個城市，明天呢？明天，也許汽笛一響，又要到另外一個城市去。所以，有人說，馬戲團的家是安在輪子上。

一個春天的早晨，馬戲團又乘上了火車。在北方，有一個大城市，演出的海報已在那兒貼出好幾天了。

啊嗚和牠的鐵籠子被抬上一節悶罐車。老咪、黑胖兒及其他馬戲團的動物演員，也和啊嗚一道，被抬了進來。

火車開動了，風從敞開的車門口吹進來，帶著春天田野裡的氣息，這使牠們很高興；

但是漸漸地，單調的車輪和鐵軌的撞擊聲，以及車廂搖籃般地顛簸搖晃，又使牠們煩了，倦了，安靜了。

黃昏時分，火車駛進一片深山。儘管車速慢了，但車廂的搖晃和顛簸卻更厲害了。老咪、黑胖兒和悶罐車裡的其他野獸吃過守夜員送來的食物，紛紛打起哈欠。

啊嗚也有些睏，但只瞇了瞇眼，又睜開了。牠從來沒有這樣興奮過，心裡甚至有點兒煩躁。難道，要發生什麼事？悶罐車的門開著，山坡、山坡上的石頭和樹木在車門外一閃而過。火車駛到空曠處，遠處的山巒、樹林、田野，像是在繞著火車向前旋轉。

啊嗚不暈車——其實，動物一般都不暈車。牠饒有興味地看著車門外的世界，總覺得這片世界既親切又陌生。可為什麼會有這種感覺，牠不知道。

天黑了，車門外還是山連山，山疊山。火車轟轟隆隆響著，在這片一望無際的大山中不緊不慢地跑。它不著急，它有自己的時刻表。

風有些涼，悶罐車裡的守夜員打個哈欠，站起來想關上車門，那門卻很沉重，推不動。他嘟囔著，找了個避風的地方坐下了。又拉過一張蓋鐵籠子的帆布罩，蓋住了腿。

「車門開著也好，不然，車廂裡的獸腥氣可真受不了。」他喃喃自語。

夜色越來越深，星星在天空中眨眼。

悶罐車廂裡一片吱吱嘎嘎、哐哐噹噹的碰撞聲。昏黃的馬燈在車廂頂搖來擺去，散發出一股熱烘烘的煤油味兒。

啊嗚打個哈欠，搖搖頭，站了起來。牠想弓彎脊背，伸個懶腰。不料，前爪向前一滑，碰到鐵籠門，竟把門哐啷一下推開了。

這可是從來沒有過的事！啊嗚睜大了眼。一時之間，牠不知道該幹些什麼。

列車還在轟轟隆隆地前進，悶罐車裡鐵籠子的碰撞聲似乎越來越響。啊嗚的倦意飛走了，默默地站了幾分鐘，小心翼翼地從籠門裡探出了腦袋。

沒有人呵斥，沒有人走過來，鐵籠的碰撞聲裡，夾雜著一片亂糟糟的鼾聲。啊嗚心安了，從籠子裡邁出了腿。

梳辮子的女馴獸師呢？她在哪兒？籠門怎麼會打開呢？旅途上還要訓練演出？

啊嗚前前後後地看了看，仍然沒有人招呼，沒有人呵斥。於是，牠走了出來。

牠疑惑地走到老咪籠前，嗅了嗅，老咪沒有睜眼。走到黑胖兒籠前，嗅了嗅，黑胖兒也沒有睜眼。牠又走到守夜員面前，守夜員倚著車廂壁，蓋著帆布罩，同樣沒有睜眼。

「這到底是怎麼回事？」啊嗚又有些不安起來。

牠舔了舔守夜員的頭髮，守夜員推開了牠。牠正要拖開守夜員身上的帆布罩，車廂裡忽然響起一聲恐怖的尖叫。啊嗚嚇了跳，匆忙中，見車門開著，一縱身跳了下去……

3

發出尖叫的是一隻猴子。這猴子蹲在熊貓寶寶的籠頂上打盹，不知怎麼忽然醒了，一抬頭看到了正在舔守夜員的啊嗚，不禁驚叫起來。

悶罐車廂裡亂起來。會算算術的哈巴狗還沒弄清怎麼回事，便直著嗓子汪汪叫；老咪和黑胖兒一躍而起，卻一頭撞在鐵欄杆上；拴在車廂一角的幾匹馬嘶叫著，你衝我撞，把脖子下的鈴兒搖得嘩嘩響；馬旁邊的綿羊倒了楣，大概是被踢了一腳，咩咩聲慘叫連天……

守夜員醒了，待到明白發生了什麼事，嚇得張開嘴，半天也合不上。

「啊嗚怎麼跑掉了呢，是餵食時忘了鎖籠門？」這可是個大責任，一隻老虎幾十萬元，比買輛汽車還貴，他怎麼賠得起？再說，就是有錢又到哪兒買呢，地球上的老虎越來越少，前幾天報紙上剛剛報導，中國的野生東北虎只剩下三十來隻了……

守夜員扒著車門向車頭大喊，夜色中，火車隆隆轟響，司機根本聽不見。守夜員急得抓耳撓腮，像猴兒吃了大蒜。抬頭忽然瞅見搖擺的馬燈，有了主意，急忙摘下來，脫下紅背心罩住，舉到車門外向車頭車尾亂晃。

火車終於喘著粗氣停下了。人們鬧嚷嚷地跑過來，看到又是叫又是跳的守夜員，好容易弄明白了發生的事，卻又全都犯了愁。

梳辮子的女馴獸師也來了，她就坐在悶罐車前面的一節車廂裡，馬戲團的男女演員都在那兒。她跳著腳喊：「說話呀，都說話呀，明天晚上，啊嗚還要演出，海報上早寫明了的。」

男演員們打著哈欠：「說什麼呢？說什麼都晚了。分組追吧，一個組向南，一個組……」

女演員們穿得薄，抱著肩膀哆嗦，聲音便有些顫抖：「追？說得輕鬆。夜這麼深，又是在大山裡……那可是隻大老虎。」

「大老虎怕啥？你們女的都是兔子膽兒……啊嗚的腳趾甲不是早剪掉了？」

「腳趾甲剪掉了，還有牙呢！牛脖子也受不了牠一口。怎麼，你們男的皮厚？」

火車司機也在人群裡，不時抬起手腕看表——那表是夜光的。終於，他發出了警告：「火車不能停在這兒，這會擋住其他列車的。你們要去找，可以，我卻不能等你們。」

馬戲團團長是個老頭兒，當過兵，現在也是乾著急沒辦法。他搔搔腦袋，揮了揮手：「上車，都到車上再研究吧。」

火車嗚地叫了一聲，又哐哐噹噹地開動起來。

在一個小站上，火車停了停，守夜員跳了下來。於是，漆黑的春夜裡，小站電話間的電話忙碌了。

二、虎落平陽

1

啊嗚興奮地在山石灌叢間亂竄。

從小到大，牠還從來沒有在這樣空曠的地方玩過，從來沒有像這樣自由自在地玩過。跳車的時候，由於火車在奔跑，啊嗚翻了個跟頭，摔得脊背很痛，牠吼了一聲。可這會兒，牠把疼痛忘了。

天很黑，沒有月亮。星星雖然稠密，那光卻像針尖似的小，並且一閃一閃，還沒有螢火蟲的屁股亮。

山野裡不像舞台上，一點也不平坦；不僅有溝有坎兒，坑坑窪窪，而且這一叢那一簇，長了許多蒺藜和有刺的灌木。啊嗚不在乎這些，照樣走得悠然自在，興致蠻高。

啊嗚有一雙好眼睛，牠的瞳孔跟貓的一樣，夜裡可以睜得很大。看上去，就像兩隻游動著的、閃著黃綠色光的手電筒。憑著這雙好眼睛，啊嗚走夜路就跟在白天一樣。

啊嗚走路很輕巧，別看牠體重跟黃牛差不多，拐彎抹角卻絕不會撞這撞那。而且，抬腿落腳也絕不會「撲通、撲通」踩得地皮山響。牠的腳底肉墊很厚，走路縮著爪子（現在爪尖也沒有了，被馬戲團的人用鉗子剪去了），走在山石草木上，往往連唧啾吟唱的蟲子也不驚動，只是偶爾踩在枯枝上，才發出嘎嘎吧吧的聲音。

啊嗚翹著長長的大尾巴，在夜色朦朧的山野間走，一會兒低頭嗅嗅，一會兒抬頭看看，晃晃悠悠地爬上山坡，穿過灌叢，翻越山梁，走下山谷……

要到哪兒去呢？牠自己也不知道，只是覺得新奇、有趣。悠悠游蕩著的夜風，給牠吹來了泥土和剛剛萌發的新葉嫩草的芳香，以及許許多多啊嗚感到陌生、感到神秘的氣息。於是，牠便痴迷地被夜風牽著走、走、走……

一叢長刺的野棗叢邊，有隻兔子留下了腳印。啊嗚打個轉，嗅了嗅，跟蹤起來。牠對兔子很熟悉，只是不解，這兔子爲什麼沒有被縛住腿腳……

兔子的痕跡在山野裡左拐右彎，若斷若續。啊嗚不知走了多遠，兔子的腳印在土包下消失了。那兒有個小洞，洞口還沒有啊嗚的腳掌大。啊嗚在洞口嗅了嗅，臊味很大。牠用禿爪子刨了刨，土很硬，刨不動，只好遺憾地離開了。

二、虎落平陽

牠又在一堆亂石旁驚起幾隻蒼蠅，那兒有一灘狼糞。狼糞黑乎乎，臭烘烘，分成了硬硬的幾節。啊嗚仔細地聞了聞，用爪子撥撥，又興奮起來。

牠認識狼，那一年馬戲團弄來兩隻，打算馴熟了給猴子當馬騎。可不知爲什麼，時隔不久，狼又從馬戲團消失了。

啊嗚嗅著狼留下的氣味，鑽進小樹林，翻過小山，直追到一條小河邊。小河水嘩嘩地流著，狼的臊臭氣沒有了。牠徘徊一會兒才回頭。

啊嗚爬上一座山頭，俯瞰著夜色中的山巒、梯田、小河。夜色像一掛黑灰色的紗帷，籠罩著一切。山野裡靜悄悄，天地間所有的東西似乎都睡了。

天上的星星像銀釘一樣閃閃發亮，發出的光淒清冷漠，彷彿沒有一點熱度。啊嗚看看左右，就牠自己。不知道爲什麼，牠感到有點孤單。

啊嗚搖搖尾巴，走下了山頭。

路過梯田時，牠嗅到了梯田中有人留下的氣息。那氣息從梯田泥土中和梯田邊小樹下的青石上散發出來，十分濃烈。啊嗚走過去嗅了嗅，忽然想起了什麼，像被抽了一鞭，折轉身，一躍跳下梯田，匆匆離去。

啊嗚走得很快。灌木條拉扯牠，草叢纏絆牠，牠也毫不顧及。

山野間，不時響起窸窸窣窣、嘎嘎吧吧的聲響。吟唱的蟲兒們吃驚了，不得不急忙住口，傾耳細聽那慌慌張張折斷草木枝條的聲音。等那龐大的身影走遠了，牠們才又小心翼翼地重新開始演出。

啊嗚很快找到了自己走過的路，牠的鼻子很靈。

天快亮時，啊嗚來到了鐵路旁。

鐵路邊的一叢小草倒伏了，這是啊嗚跳車時壓倒的。但兩條鐵軌上空空蕩蕩，拉著馬戲團的那列火車不見了。

啊嗚蹲下來，兩隻黃綠色的眼睛在黑暗裡閃光。閃著驚詫，也閃著失落，閃著惆悵。

2

起霧了。

大團大團的霧從山谷中升起，飄飄悠悠地漫上山坡，漫過半山腰的小村莊。

村邊的老樹看不到了，村中的大樹看不到了，院子裡剛剛栽下的小樹，也漸漸的只能看見個淡綠色的輪廓。濃濃的霧氣把村中的一切都裹了起來，藏了起來，使整個世界變得混混沌沌，神秘至極。

山村裡的人們還在酣睡。雞已經叫了三遍，可濃霧遮擋住了東方微露青白的天空，把

二、虎落平陽

山村甦醒的時間大大推遲了。

一隻雄壯的看家狗低著頭在街上嗅來嗅去。牠餓了，想找點吃的。但潮濕的濃霧籠罩了一切，這使牠看不遠也嗅不遠。

牠轉了一會兒，煩了，跑到村邊叉開腿，正要拉屎，忽然聽到撲撲通通的聲音，像許多石夯在雜亂地砸著大地。狗眼睛亮了，急忙站起，跑了起來。

前面不遠是飼養棚，那兒拴著許多黃牛。黃牛的蹄子若是紛紛踏地，那就是牠們餓得厲害了。住在飼養棚旁邊的老頭兒，便會起來給牠們倒些鍘碎的乾草，再拌上一些豆餅或煮熟的黑豆。豆餅或煮熟的黑豆，狗也很願意吃。

大狗竄進了飼養棚。飼養棚的門開著，棚裡比外面還黑。大狗眨眨眼，咽下一口涎水，正要跳上黃牛的食槽，一隻毛茸茸的大爪子拍了牠一下。

大狗扭頭瞥了一眼，骨頭都酥了，「汪兒——」地怪叫一聲，癱在地下。「撲哧」，牠那沒拉出的屎和尿，一下子竄了出來……

大狗身邊，站著一隻斑斕猛虎。

這是啊嗚。

啊嗚在鐵道旁蹲了一會兒，聽到遠處傳來狗吠，心緒又好起來。在馬戲團裡，所有的動物都是夥伴。啊嗚循著狗叫聲，溜溜躂躂，在濃霧裡摸進這個半山腰的小村莊，鑽進了飼養棚。

飼養棚裡瀰散著一股熱烘烘的牛糞味。啊嗚皺了皺鼻子。牠聞出，牛糞味中還有一股煤油氣。這是牠所熟悉的，馬戲團裡有不少馬燈。

可是，讓啊嗚掃興的是，牛對牠的來訪並不歡迎。牠一闖進飼養棚，牛群便驚恐異常。幾條牛掙脫了韁繩，爭先恐後地跑到牆角，轉過身，一齊把彎彎的牛角對準牠。

有一條牛使勁向後退，鼻子掙出了血，也沒有掙脫韁繩。那牛劇烈地哆嗦起來，嘩嘩地撒著尿，眼光中充滿了悲哀。

啊嗚不知道，牛為什麼會這樣。

門口一響，竄來一條狗，啊嗚又高興了。在馬戲團裡，狗是可以自由走動的，常常在啊嗚的籠子邊走來走去。沒想到，啊嗚親暱地拍了牠一掌，牠竟嚇成了這副樣子。

啊嗚嗅嗅那狗，抬爪子把狗撥了撥，狗的眼睛失靈了，屈起四條腿，不叫也不咬。啊嗚正感到奇怪，門外響起一陣踢拉拖拉的腳步聲。啊嗚再一次興奮起來，牠知道，來的是人。

老飼養員閃了進來。他端著一個大篩子，篩子中有許多草。他一邊走一邊嘮叨：「夜裡餵了兩次了，還餓成這樣子？今天這是怎麼了？」忽然，他一個趔趄，手裡的篩子掉

了。他被一個軟綿綿的東西絆了一下。

「真他娘的，這是……」

他剛想彎腰看看腳下，驀地呆住了。他身邊，有兩團黃綠色的火球！

啊嗚湊了上去，靠在飼養員身上蹭蹭腦袋——牠在馬戲團經常這樣做。

不提防，老頭大叫一聲，一拳掄起來，砸在牠的鼻子上。

這一回，該啊嗚大叫了。

牠大吃一驚，吼了一聲，飼養棚頂上簌簌地掉下許多塵土。牛群又轟地擠撞起來。

老飼養員被吼聲震懵了，不知被誰擠了一下，跌倒在地，急忙滾到了食槽下。待他再探出頭，面前只剩下一條後半身濕淋淋、臭烘烘的大狗，屈腿躺在地上……

吃早飯的時候，山村裡家家都在議論：

「老石頭真行，不是他，全村的牛都要被吃掉了。」

「鑽進牛棚的是什麼？是虎、是豹？」

「那條大狗可是兇得很呀，那年，牠咬翻過三條狼……」

3

啊嗚的鼻子酸痛得厲害，有幾秒鐘，牠甚至覺得鼻孔堵住了，出不來氣。

牠沒命地躥出飼養棚，躥上山坡，又一溜煙躥過了山脊。牠不知道哪兒有路，也根本顧不上找路。牠很驚訝，也很傷心，一口氣跑出了幾十里。

也真是，牠想念人，跟人親近，人怎麼會死命地打牠，並且一拳打在牠的鼻子上呢？

「老虎的屁股摸不得」，老虎的鼻子更是摸不得的。這不是剛剛離開馬戲團嗎？唉，人啊，人，到底是怎麼回事？

風在耳邊呼嘯。突然出現的巨石灌叢，好像在張牙舞爪，要把牠抓爛捏碎。啊嗚不管這些，把耳朵貼緊腦袋，揚起又粗又蓬的花尾巴，一路又竄又跳。山溝使啊嗚的腳踩空了，啊嗚爬起來還跑；陡坎兒擋住了啊嗚的去路，啊嗚一躍而上……

太陽出來了。山裡的霧薄了、散了。啊嗚氣喘吁吁，實在跑不動了，這才停住腳，擔心地看看周圍……

但是牠馬上睜大了眼睛。這兒也是山區，老頭兒不見了，周圍一個人也沒有。一座座山峰又高又大，長滿了茂密的樹木。綠色的枝葉搖晃起伏，從身邊舖展開去，一直舖上山頂，把陽光和白雲也映綠了幾分。林濤陣陣，像海水撲打著沙岸。風兒一塵不染，播撒著好聞的蘑菇味和松脂味。鳥兒們在枝葉間跳來飛去，喜氣洋洋，唱個不休。腳下的草叢裏，星星點點地長著五顏六色的小花兒，隨風搖擺著，放出清爽的香氣。

這真是個好地方，天地彷彿更寬闊了。啊嗚驚訝地張開了嘴，一邊喘氣一邊看。

不知什麼時候，牠的鼻子已不酸痛了。牠夾起尾巴轉個圈兒，屁股後面空蕩蕩的。牠明白了，這回不用擔心再轉不過身了。

牠仰起頭，又低下頭，使勁噴了噴鼻息，以便清理鼻孔，能更好地享受一下空氣。

牠吼了一聲，搖搖耳朵，吼聲在山澗裡激蕩！鳥兒們不敢叫了，聲音越來越遠，漸漸小了下去。這也使牠很歡喜。

「世界真大啊！」啊嗚心裡忽然湧起一個感覺：以牠的體魄和身材，牠應該屬於這裡，這裡才是牠應該擁有的世界。

早晨的不愉快煙消雲散了，啊嗚興致勃勃地走進了這片新天地。

這是一片針闊葉混交林，是人們砍伐後又逐漸生長起來的。闊葉樹長得快，樹身已有碗口粗。針葉樹長得慢，樹身才像大人的胳膊。樹木高大密集的地方，光線很弱，樹下平坦坦的，長著一些青苔和地衣。樹木細小稀疏的地方，光線充足，草和灌木綠油油的。

啊嗚這兒停停，那兒轉轉，眼睛幾乎都不夠用了。短短的一夜之間，牠經歷的環境變化實在太大了。

走過一片忍冬灌叢時，撲喇喇一陣響，幾隻松雞拍著翅膀飛出來，驚叫著飛上了樹頂。啊嗚哆嗦了一下，脖頸和背上的毛刷地豎了起來。牠沒想到，灌木叢裡還藏著這些東西。

牠小心了。皺皺鼻子，沒走多遠，從空氣中又嗅到了許多氣味。這些氣味或濃或淡，是野獸留下的腳印和身體擦過的樹幹灌木發出來的。有些氣味很熟悉，跟蹤這些氣味，牠幾次找到了老鼠、兔子。

有些氣味比較陌生，牠小心翼翼地在森林裡轉，看到了紫貂、山貓和狐狸。

當狐狸箭一般從牠眼前竄過時，牠脖子上的毛又刷地膨了起來。牠不知道，這小動物爲什麼慌慌張張，見了牠就跑。

肚子上的毛被露珠打濕了，啊嗚毫不顧及，仍然興致勃勃地在花木草叢裡鑽；暖烘烘的小風從樹叢間穿過，把牠肚子上的毛吹乾了，牠毫無知覺，還是在山林中轉。

牠不知走了多遠，也不知翻過了幾道坡，幾條谷。整整一上午，牠是在探險式的流浪中度過的。

牠頭上的毛膨起又平順，平順又膨起。

終於，時時使牠神經緊張的大量新鮮事物，把牠弄得疲憊不堪。太陽移過頭頂，牠在林間空地上找到一塊乾燥平坦的大石頭，倒下睡了。

三、射虎

1

不知什麼時候，啊嗚開始做夢。

這不稀奇，除了馬和少數幾種食草獸，幾乎所有的高等哺乳動物都會做夢。

啊嗚夢見了舞臺。牠在舞臺上鑽火圈兒，打滾兒，拉著小車乖乖地轉圈兒。臺下黑壓壓的人群使勁鼓掌，叫好，巨大的聲浪幾乎把劇院大廳的房頂都要抬起來。

梳辮子的女馴獸師高興地在牠後頸上拍了兩下，啊嗚知道，這意味著片刻之後，一隻縛著腿的兔子或雞，便會扔進牠的籠子。

啊嗚咂咂嘴，翻了個身，醒了。牠發現自己的肚子在咕咕作響。

牠餓了。從昨天跳車到現在，牠一口東西還沒吃。老虎個子大肚子也大，飽餐一頓能吃七八十斤肉。馬戲團雖然不會讓啊嗚暴飲暴食，一天也得給牠十五六斤，而且得定時定點。到山野後，牠不停地跑啊走啊，活動量比在馬戲團時大多了，怎麼能不餓呢？

可是，兔呢雞呢？啊嗚茫然四顧，太陽落山了，森林裡像有一層紫微微的煙霧在飄蕩。白樺樹、胡桃楸等闊葉樹密集的地方更暗了。這兒那兒，山雞不時發出咕咕的叫聲。這叫聲使黃昏的山林顯得更幽靜、更神秘。

啊嗚完全清醒過來，牠已經不在馬戲團了。再不會有人提著鐵桶餵牠肉，也不可能再領到兔子或雞的犒賞了。牠現在是在一片廣闊的山林裡，必須自己找食物了。

啊嗚一骨碌站了起來——可是，哪兒有呢？

啊嗚急匆匆地在大森林裡走，這一回，牠不再是出於好奇。

天越來越黑，啊嗚也越來越餓。牠癟著肚子在山林裡一會兒小跑，一會兒急走，撞得灌木叢和小樹嘩啦嘩啦地響。就要睡覺的野雞驚飛了，出門溜躂的野兔嚇跑了，啊嗚還是沒有找到肉。牠咧開嘴，伸出舌頭舔舔嘴巴，又顛顛地小跑起來。牠還從來沒有嘗過饑餓的滋味，真不好受。

快半夜了，啊嗚爬上一片山坡。正要喘口氣，忽然發現下面山谷裡有一縷火光透過枝葉閃動著。牠不由得喜出望外，一扭身，拖著大尾巴竄了下去。

下面山谷裡閃動的是燈火。啊嗚不怕燈火，牠知道燈火意味著什麼。

2

山谷裡有一片空地，矗立著幾座帳篷。帳篷間瀰漫著人的鞋襪臭氣，帳篷裡傳出雷鳴般的鼾聲，這使啊嗚感到很親切。

燈光是從最後一座帳篷的門縫裡射出來的。

啊嗚圍著帳篷轉了一圈，徑直向有燈光的那座帳篷過去。

啊嗚眼亮了。牠從沒有關上的門縫裡嗅到，帳篷裡有肉有雞蛋——小時候，還有後來生病的時候，牠喝過雞蛋。啊嗚搖著尾巴在帳篷門前轉起來，眼睛死死盯著那扇骯髒的帆布門。

這是馬戲團的規矩。如果動物不安地在籠子裡轉圈兒，這就是在發訊號：牠們餓了。

可是，怎麼回事？啊嗚轉得頭都暈了，也不見有人出來。帳篷裡的氣味實在太誘人了，逗得啊嗚肚子陣陣抽搐，痛得厲害。牠不轉了，坐下，起來，起來，坐下，終於一抬腳，直向帳篷門闖去。

馬戲團的規矩第一次被打破了。

啊嗚用爪子撓撓門，門虛掩著，無聲無息地打開了。門一側有張桌子，桌子上有一盞馬燈，啊嗚在山坡上看到的火光就是這馬燈發出的。

馬燈下，一個滿身油膩的胖子披著件棉大衣，伏桌而睡。他面前放著一把算盤，一個小蘿蔔般粗細的手指還放在算盤上。胖子身後，一張大木板床上，放著許多圓鼓鼓的口袋，還扔著幾隻拔光毛的雞和兩片帶骨頭的豬肉。

啊嗚的肚子咕嚕咕嚕叫得更厲害了，牠沒理會打盹的胖子，一躍跳到木床邊，叼起一隻雞便連撕帶扯地吃起來。

「誰？」伏在桌上的胖子忽然直起了腰，伸手把大衣拽了拽，「小劉嗎？你總也吃不夠。」

啊嗚愣了一下，忽然想起還沒向胖子致意——馬戲團裡哪有動物們不經過馴獸員同意，直接去找食物吃的呢？於是，牠搖搖尾巴，轉過身，用腦袋輕輕地蹭了蹭胖子。

胖子摸摸老虎腦袋，睜開了眼。忽然，大叫一聲，連人帶椅一下摔倒在地。接著，滾爬爬，掙扎到門邊，嗖地竄出去跑了。

啊嗚覺得不妙。牠想起早晨，牠也這樣蹭了蹭飼養棚的老頭兒，鼻子上便挨了一拳。可牠又捨不得食物，急急忙忙轉回身，又叼下一隻雞吃起來。雞骨頭咯咯叭叭折斷了，骨頭渣子扎得嘴疼，也許流血了，牠也不顧。牠太餓了。

一分鐘後，啊嗚吃完最後一隻雞，帳篷外響起了亂哄哄的人聲。啊嗚有些怕，得趕緊離開這兒，但牠還沒有吃飽。牠看看木床上的豬肉，撕下一塊吞了下去。接著又叼起一片，這才轉身出門。

門外聚集了許多人。這些人有的只穿了件上衣，有的還提著褲子，但手裡都有件傢伙：或者是木棒，或者是菜刀，或者是獵槍。當人們看到老虎擠出門，立即呼呼啦啦向後退了幾步，並且高聲呼叫起來。

啊嗚驚慌失措地站在帳篷門口，牠從人們的臉上，從空氣中，感覺到緊張和危險。牠想從一邊溜走，沒跑幾步，前腿上挨了一棍，這使牠差點栽倒。

牠扭過頭，齜了齜牙，忽然瞥見一根鐵管子指向自己。牠不知道鐵管子是幹什麼的，但知道準沒好事。急忙一躍，頭下面閃過一道長長的火光，接著便是震耳欲聾的一響。

啊嗚大叫一聲，豬肉掉了。牠再也顧不得拾肉，趕緊掉過頭，向帳篷後跑去。

牠覺得胸膛上被什麼擦了一下，奇痛無比，並且湧出一些黏糊糊的東西。

「誰在開槍？知道不知道老虎是保護動物？」黑暗中，有人厲聲喊。

「對，老虎不傷人，不要傷著老虎。」有許多人在回應。

可是，當衣著不整的人們叫嚷著繞過帳篷，啊嗚已竄出空地，竄進森林了。

3

啊嗚風一般地在森林裡飛跑，碰得灌木枝發出可怕的斷裂聲。牠上坡下坡，竄溝越嶺，總覺得那夥拿著各種傢伙的人還在追趕。

牠慌不擇路，大口大口喘著粗氣，一個勁地逃，逃，逃。牠忘不了腿上挨的一棒，而那支能噴火、會發出巨大響聲的鐵管子，給牠的刺激也太深了。

牠跑了好久好久，直跑得嗓子乾辣辣的，四條腿再也邁不動，才停下來。

但當一隻夜鳥在牠身後撲喇喇地拍著翅膀飛過時，牠立刻又「刷」地轉過身，夾緊尾巴，迎著剛剛跑來的方向，「吼——吼——」地咆哮起來。

牠不想跑了，實在跑不動了，牠準備迎敵，和敢於打牠、追牠的人拚命。人，真怪。我又沒傷害你們，幹嘛要打我，傷害我？

夜色沉沉。看不到星星，看不到月亮。各種樹木的樹冠像一把把巨大的傘，把天都遮住了。風在枝葉間穿行，輕柔地搖動著樹木的葉子，撒下一片爽人的沙沙聲。

沒有人的蹤影，沒有人的聲音，也沒有人的氣味。啊嗚心安了些，脖頸下的毛開始平順。牠蹲坐下來，感到胸脯上火燒火燎地疼，便低下頭，伸出長著肉刺的大舌頭，在傷口上刷刷地舔起來。

獵槍子彈在胸脯上撕去一條皮肉，留下一道溝，幸好沒傷著骨頭。

「刷——」啊嗚的舌頭一捲，把胸脯上凝結的、厚厚的一層血痂舔掉了，傷口周圍的皮肉劇烈抖動起來。啊嗚皺皺眉頭，「刷——」舌頭沾著唾液，又舔在傷口上。

牠是在清洗傷口，這有利於傷口消炎。沒有誰教牠這樣做，但牠會。像所有受傷的野獸一樣，這是出於本能。

半小時後，啊嗚站了起來，斜向前伸出前腿，躬了躬腰。

牠倦了，要找個地方休息，牠警惕地看看周圍，嗅嗅空氣，慢慢地走了。

四、鐵籠子

1

啊嗚胸脯上的傷口重新結了痂。

啊嗚對人的警惕可一點也沒放鬆。

啊嗚再也不到人跟前討吃的了。

兩天了，啊嗚沒找到一點食物，肚子癟了，貼到了脊背上。但那空胃依然摩擦得很有力，這使啊嗚很煩，也很慌。牠在山林裡走來走去，到處都留下了牠那梅花瓣樣的巨大足跡。

樹木裡有許多食物。陰暗潮濕的地方，長著一朵朵小傘一樣的蘑菇；大松樹和榛子叢下，只要用爪子刨一刨，便能找到掉落在腐葉中的松子和榛子。可啊嗚不是狗熊，也不是

四、鐵籠子

松鼠，牠不能吃這些，老虎的腸胃只能消化肉食。樹林裡也有不少鳥兒和野獸，像野雞、兔子、山羊、松鼠。可啊嗚剛到山林裡，牠不懂得捉活食吃，也不知道這些動物就是食物。

對一般的老虎來說，餓幾天甚至餓半個月，是很尋常的事。但啊嗚在馬戲團長大，每天吃多少，什麼時候吃，是一定的。餓兩天，對牠可就難以忍受了。

現在，牠要到山谷中的一條小溪邊去喝水。

兩天來，牠常常借水充饑。

陽光從枝葉稀疏的地方射下來，在樹林裡灑下一塊塊暖融融的光斑。鳥兒們在樹林裡高聲鳴唱，飛來飛去。松鼠哧哧溜溜地爬上樹，蹲在樹杈上，瞪起圓圓的眼仔細向下打量。啊嗚沒有停下腳步，牠對樹林裡的一切已不感到新鮮了。

慢慢悠悠，搖搖晃晃，啊嗚悄沒聲兒地垂著尾巴，沿著一條小道穿行在樹林中。這條小道若隱若現，曲曲折折，蜿蜒在石頭堆和腐葉上。這是啊嗚自己踩出來的。這是一條通往小溪的捷徑。

走下山坡，拐個彎，已能聽到小溪細小的流水聲。啊嗚忽然停住腳，抬起了頭，疑惑地在空氣中嗅起來。牠聞到一股血腥氣。

「這是什麼？食物！」

只幾秒鐘，啊嗚眼睛放出了光。牠很熟悉這種氣味，現在，牠的鼻子靈敏多了。牠迫不及待地邁開了腿。

幾叢柴荊間，放著一隻鐵籠子。鐵籠子裡，放著一大塊新鮮的帶骨豬肉。血腥味正是從鐵籠子裡發出來的。

在離籠子幾步遠的地方，啊嗚又站住了。牠現在很小心。

紫荊叢柔嫩的枝條在陽光下懶懶地垂著，散發出清新爽人的氣息。兩隻蝴蝶追逐著，在石頭和小草上飛來飛去。小風從稍遠處的另一片樹林裡吹來，似乎也很平靜。「嗡嗡——」幾隻蒼蠅飛來了，沒頭沒腦地在鐵籠子上撞了撞，一頭扎到了豬肉上。

啊嗚放心了，三步兩步走到鐵籠前，圍著鐵籠轉起了圈兒。

鐵籠跟馬戲團的那隻大小差不多，只是門不是向外開的。那門高高向上提起，鐵籠子間便出現了一個床頭櫃般高矮的洞。

啊嗚在籠門前停下了。肉就在裡面，只消走兩步就可以吃到，牠卻沒邁進去。

牠打量著鐵門，不知爲什麼，忽然有些恐懼。牠搖搖尾巴，離開門，繞到鐵籠子一側。在這兒，牠小心地向籠中伸進一條前腿，抓一抓，搆不著豬肉，於是使勁向前站了站，又伸進腿去。

鐵籠沒放穩，被啊嗚一擠，晃了晃。「哐啷啷」，高高提起的鐵門忽然落了下來。蒼

蠅嗡嗡地在鐵籠裡亂撞，啊嗚嚇了一跳，「嗖」地跳開去，跑進了樹林子。

「怎麼回事？」

啊嗚躲在林子裡窺視，二十分鐘過去了，鐵籠子周圍靜悄悄的，沒有發生什麼不平常的事。蝴蝶還在翩翩起舞，紫荊叢的枝條照舊懶懶垂著。

又過了片刻，啊嗚躡手躡腳地回到鐵籠旁。牠發現，籠門關上了，帶骨豬肉被高高吊起，幾隻蒼蠅正在肉上爬動。啊嗚從鐵籠一側伸進爪子，又從鐵籠另一側伸進爪子，都搆不到。

啊嗚有些急，拍拍鐵柵欄，籠子穩當了，不再晃動。牠圍著鐵籠子轉起來，忽然，一縱身跳到鐵籠子頂上。

牠伸下一條腿，在籠子中亂撈，幾次碰到吊肉的繩子，卻只能把肉碰得晃動而已。啊嗚生氣了，失望了，跳下地來，吼吼地低吼一陣，走了。

2

時過正午，啊嗚又去看鐵籠子。

牠捨不得那塊肉。

啊嗚走得很快，腦袋向前探著，尾巴像一段彎彎的鋼纜，拖在身後。美麗的、綴滿黑色條紋的身影，在灌叢和樹後悄悄移動。

「咯咯」，幾隻嘴巴上聳起一撮黑毛的大鳥——這是松雞——看到了啊嗚，昂頭注視片刻，又急忙舉爪刨起腳下的腐葉。牠們已見慣了這隻龐然大物的出沒，知道對自己沒有什麼危害。

走下山坡，拐過彎，一陣說話聲迎面而來。啊嗚站住了，脖頸和背上的毛全聳立起來。

「人？是人？」啊嗚皺皺鼻子，急急轉動起耳朵。

風正從籠子方向吹來。

人！一股人的氣息。有人在籠子旁邊說話。

啊嗚弄清楚了，轉身想走，卻又在原地徘徊起來。

「人在籠子那兒幹什麼？」老虎是一種疑心很重的動物，凡事都想弄個明白。一叢野刺玫擋住了啊嗚的視線，牠悄悄地走過去，隱在了刺玫叢後。

啊嗚遠遠看清了，有兩個人。一個扶著籠子站著，一個蹲在地上找什麼。人旁邊，還有一隻狗。那狗張著嘴，舌頭耷拉出來，正坐在陽光下喘氣。

「籠子門會不會是別的野獸弄落的？」聲音不大，是站著的那個人說的。他戴頂鴨舌帽。

「不可能……老虎腳印很明顯，也很新鮮！瞧，鐵柵欄上還夾著虎毛。」蹲在地上的人指點著。

啊嗚忽然覺得戴鴨舌帽的那個人有些面熟。仔細看看，不禁興奮起來。

戴鴨舌帽的人蹲下了，樣子有些激動。

蹲著的人站起來拍了拍衣服，低下頭說：

「看看吧，錯不了，準是牠。這一帶不是老林子，大獸們不在這落戶。」

「那怎麼辦？還把籠門拉起來？」

「拉起來也不行了……別看老虎是山神爺，兇猛非常，心眼可很仔細。再拉起來，牠也不會鑽了。」

鴨舌帽疑惑地站起來，摸出根紙煙，遞給了同伴。

「啊嗚是個乖老虎，鑽慣了籠子的。」

「鑽慣了？牠願意在那裡面囚著？」

狗忽然跳了起來，如臨大敵般衝著刺玫叢狂吠不止。啊嗚暴露了，不知什麼時候，牠的前半身從刺玫叢一側露了出來。

鴨舌帽正在摸火柴，他的同伴卻一閃身躲到鐵籠後面，一邊喊，一邊拉過背上的槍。

「虎！虎！老虎來了！」

鴨舌帽大驚，慌忙扔掉剛摸出的火柴，「嗖」地跳到鐵籠後面，不知怎麼搞的，他也舉起了一支槍。

「哪兒？在哪兒？」

鴨舌帽的槍胡亂瞄準。

山谷裡的氣氛驟然緊張起來。

啊嗚害怕了，久別重逢的激動瞬時飛到九霄雲外。牠看到了槍，這種會冒火並發出打雷般響聲的鐵管子，給牠的印象實在太深刻了。不用走近，這東西遠遠就能咬到自己。剛才，牠光顧高興了，怎麼就沒看清那兩個人還帶著這種東西呢？

啊嗚慌慌張張地轉過身，大尾巴一揚，箭一般地竄進森林。

野刺玫叢晃動起來，鴨舌帽看清了，一條黃底黑紋、威武雄壯的身影一閃，跑上了山坡。他著急了，提著槍跑出來大喊：

「啊嗚——啊嗚——是我呀，回來，回來——」

啊嗚完全聽清了，只有馬戲團的人才叫牠啊嗚。不會錯，喊牠的這個人，就是牠跳車時的那個守夜人。

喊聲在山谷裡迴盪，焦急而又迫切。可是，啊嗚不會再回來了。

3

啊嗚瘦了，兩肋已明顯凹凸不平，身上的毛失去光澤，乾巴巴的，像一蓬枯草。粗大的尾巴依然像鋼纜似地拖在身後，卻很少再有力氣搖動。

現在，只要睜開眼，牠的頭等大事，就是去找吃的。累了，走到哪兒算哪兒，隨便找一個避風的山岩或隱蔽的草叢，臥下便抱頭大睡。

有一個星期，啊嗚沒有好好吃到一頓食物。

在一棵高大的落葉松下，牠撿到一小堆骨頭，骨頭上略微有些肉絲。再就是一個鳥頭，兩隻鳥爪。

骨頭和鳥頭鳥爪上爬滿了螞蟻。這是山貓吃剩下的，還是黃鼬吃剩下的？啊嗚嗅了嗅，聞不出來，走開了。可是，片刻之後，牠又轉了回來……

當牠「咯嘣，咯嘣」嚼起骨頭的時候，螞蟻在嘴裡爬動的不爽消失了，嗓子眼裡彷彿有一隻爪子，不待牠把骨頭嚼碎，便一下吞了進去。

啊嗚還撿到一窩鳥蛋，那是在一片越橘叢裡。

這一天，啊嗚闖進一條山谷，驚起了一隻長尾巴山雞，那鳥就從牠的鼻子底下飛起。牠吃了一驚，定睛細看，發現面前的越橘叢下有一個乾柴壘成的淺窩，窩裡有八九個乒乓球大小的鳥蛋。

啊嗚用爪子撓撓鳥窩，鳥窩散了。鳥蛋骨骨碌碌滾出來，有兩個碰破了，蛋黃蛋清緩緩湧出，灑在石塊和草葉上。

啊嗚抽抽鼻子，大爲驚訝，沒想到蛋黃蛋清會保存在硬殼裡，藏在灌木下。牠貪婪地伸出大舌頭，刷刷刷地舔食起來。同時，伸爪子又拍破了別的鳥蛋……

啊嗚一下子聰明了許多，開始發瘋似的到處找骨頭和鳥蛋。牠起勁地鑽灌叢、翻草堆，把山林裡的草木弄得亂七八糟，偌大的一片針闊葉混交林幾乎讓牠翻了個遍。可是，骨頭和鳥蛋太少了，牠沒能塡飽肚子。

飢餓折磨著啊嗚，牠的脾氣變暴躁、變兇猛了。

當牠在山林裡匆匆走過的時候，踩碎小傘一樣的蘑菇和星星一樣的花兒，牠再也不想看一眼。遇到急急跑過的兔子和狐狸，牠常常猛追上去，直到嚇得牠們屁滾尿流，逃得無影無蹤……

牠不知道爲什麼要這樣做，只是常常心煩，每當這麼發洩一通，心裡才稍稍輕鬆一些。

啊嗚尤其見不得人。一看到人的影子，聞到人的氣味兒，牠就神色憂鬱，頸毛膨起。偏偏這片山林離鐵路、公路不遠，人的蹤跡常能在這兒看到。於是，啊嗚不斷潛伏在草叢裡，偷偷窺視過路人；也常常跟在挎籃人身後，暗暗監視他採蘑菇。而每當看到人留在地

四、鐵籠子

上的腳印，牠便警覺地轉動起耳朵，低低吼一陣，然後把腳印抓得塵土飛揚。

自從馬戲團的守夜人看到啊嗚，到山林裡來的人就更多了。這些人背著槍，拿著捕獸的鐵夾子，挖陷阱的鐵鍬。這使啊嗚的神經日益緊張起來，牠越來越不喜歡這片山林。

終於，一個月黑風高的夜晚，牠在這片山林中消失了。

五、第一次捕獵

1

一條小溪繞過大山，穿過樹林，一路嘩嘩地唱著歌。

流到平坦的地方，小溪變寬了，變淺了。溪中長出翠綠的水草，溪水就在草根下緩緩流淌。這時候，小溪的歌兒又輕鬆又纏綿。

流到陡峭的地方，小溪變窄了，變深了，溪中巨岩聳立，溪旁怪石嶙峋。溪水聚集起力量，在亂石叢中左衝右突。歌兒便也起伏跌宕、激昂雄壯起來。

啊嗚就沿著這條小溪，聽著小溪的歌，不分晝夜地向上走。

餓了，把頭伸向小溪，用舌頭捲起水，吧嗒吧嗒喝個夠；累了，找一塊草坡、一片灌叢，臥下打個盹。

啊嗚這一次進行的目的很明確，路上很少徘徊逗留。牠要找一個沒有鐵籠子，沒有呵斥，沒有會冒火的鐵管子的地方。生命應該像小溪，有自由，也可以有艱苦，但不應該有強迫。

啊嗚不知道小溪上游是個什麼樣子，但山越來越高峻，樹越來越粗大，鳥獸越來越多。憑野獸的直覺，牠感到，牠的目的地快到了。

五、第一次捕獵

啊嗚走了三天三夜，終於停下了。

牠面前矗立著一片黑黝黝、無邊無際的大森林。

森林裡沒有路，沒有一絲煙火味兒，也沒有砍伐後的樹樁。巨大的紅松、雲杉、白樺、柞木等針葉闊葉樹，樹冠相接，立地驚天；忍冬、刺五加、接骨木等高高矮矮的灌木，枝葉繁茂，佔據著林間空地；山葡萄、五味子、獼猴桃等如蛇似繩的野藤，攀援在大樹上，在空中織成了東拉西扯的網絡；斜躺在地上的倒木，樹幹暗淡，簇生著片片黃色的霉菌和乳白色的木耳，散發出一股股腐爛的氣息；青苔和地衣，像一塊塊綠色、褐色的破毛氈，散亂地鋪在陰暗的地面上，裹在潮濕滑膩的樹幹底部。

森林深處一片昏暗，濃綠的色彩不知怎的漸漸暈染成了深黑色。偶爾從樹冠上漏進林子的光柱，一根根就像從探照燈裡射出來的，光亮筆直，耀眼炫目。

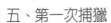

啊嗚久久地站在大森林邊，尾巴彎成一道長長的弧，拖在屁股後邊。牠轉動著圓圓的耳朵，鼻子不時皺一皺，注意地看看這兒，又看看那兒。牠身邊，小溪淙淙地流。溪邊細軟的沙土上，烏雞、兔子、山貓留下了亂七八糟的腳印。牠身後，幾株白樺樹搖著腦袋，嘩嘩低語。黃鸝、藍大膽等鳥兒清脆響亮的鳴聲，不時迴盪在森林深處和綠色峰巒的上空。

啊嗚坐下了，嘴抿著，眼瞪著，可怕的大臉盤上既沒有透出喜，也沒有顯出憂。牠靜靜地坐了一刻鐘，像在休息，也像在思考，然後便站起來，跳過小溪，走進森林，在大樹和灌叢後消失了身影。

「就是這兒。」牠決定了。森林的荒僻使牠很放心，牠為自己的願望得到實現而高興。

這是一片坐落在深山裡的老林子，啊嗚很幸運。在中國，這樣的原始森林已經為數極少了。

2

啊嗚在一塊高高聳起的大石頭上撒了泡尿。

說是撒尿，其實只是擠出一點兒，牠的膀胱並不脹。

啊嗚也不知道自己爲什麼要跳到石頭上撒尿。牠只是覺得，這塊石頭突出，牠最好在這兒留下個記號。

牠不知道，這其實是在宣布土地的所有。正像一個國家占領一塊新領土，就要樹起國旗、埋下界碑一樣。別的老虎聞到這股尿臊味，就不會越界深入了。

當然，中國的老虎已經很少，不會再有別的老虎跟啊嗚爭這片原始森林。但啊嗚已經成年，牠還是按照老虎們的本能這樣做了。今後，每當走到這裡，牠還將在石頭上撒尿。

在一棵直徑一米多的大松樹下，啊嗚站住了。牠靠到樹身上，「嗞啦、嗞啦」蹭起皮膚。

牠的皮膚有些癢。離開了馬戲團，再不會有人給牠洗澡了。這棵大松樹樹冠稀疏，透下的陽光較多，樹皮既乾燥又粗糙，正好用來蹭癢。

大松樹周圍樹木不多，鳥獸們留下的足跡很雜亂。蹭完癢後，啊嗚嗅了嗅這些足跡。不知爲什麼，在大松樹根部又擠出了一小泡尿。

啊嗚鑽進了一片灌叢，牠聞到灌叢裡有一股味兒。鼻子兩側的幾十根長鬍子，使牠知道灌木枝條不硬，不至於扎傷臉和身體。

灌叢裡有一片小小的空地，空地上有一具骷髏。這是誰的？是青羊還是狍子的？是受了傷鑽到這兒自己死去的，還是被狼或豹拖到這兒，咬死吃掉的？

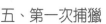

啊嗚不知道，也不關心這些。牠用爪子撥撥骷髏，骷髏散了架，挨著地的一面已經發霉。啊嗚很遺憾。到大森林以來，撒了很多尿，肚子早癟了，牠想找點兒吃的。

大森林隨著山巒起伏，不知有多少公里長、多少公里寬。啊嗚就這樣在這片綠色海洋裡走，開始了新生活。

牠到處漂泊，到處覓食，像一艘沒有舵和錨的小船。

牠不建窩，也不需要窩，牠的祖宗們都是一年四季到處漂流的流浪漢。但牠仍然很高興，牠喜歡森林，喜歡遼闊，而飢餓，牠並不怎麼太憂慮。牠相信，只要在這片綠色海洋裡，牠遲早會征服飢餓。

有一天，啊嗚翻過一座大山，走到一條大河邊。河水嘩嘩地拍著岸邊的沙灘和石子，打著漩渦向南流。

河對岸仍然是山，仍然是森林，起起伏伏，鬱鬱蔥蔥。啊嗚心曠神怡，感到有點兒餓，在河邊喝了許多水。可是，當牠打著飽嗝走上河邊的一條小路時，牠站住了。小路上有馬的氣息。

周圍靜悄悄，遠處，有一隻晚歸的鳥兒在鳴叫。

啊嗚齜出了牙，一下子跳進了密密的小樹叢。牠想趕快離開這裡，卻又有些疑惑：馬總是跟人在一起，這兒怎麼會有馬呢？

牠縮起四爪，隱在小樹和灌叢後，悄沒聲兒地沿著小路走起來。牠忘了飢餓，只想把事情弄個水落石出。

夕陽西下，小路翻過山岡，在落日的餘暉中向前伸延。

3

太陽落山了。

啊嗚被小路牽引著，來到一座營房前。

這是一邊防軍的營地。此刻，啊嗚看到了營房中的馬，也看到了營房中來來往往的人。馬有二十幾匹，散散亂亂地拴在幾排房屋的中間。有的臥著，有的搖著尾巴吃面前的青草。有幾個背著槍的戰士正圍著兩匹馬忙碌，卸下馬背上的鞍韉。

「會噴火的鐵管子！」啊嗚躲在營房外的一個小土崖上，偷偷俯瞰人和馬。

有人，牠並不意外，在嗅到馬的蹤跡的時候，牠已想到會有人和馬在一起，牠只是盯緊了人背上那幾支烏黑發亮的鐵傢伙。

牠很惱怒，心裡像墜上了一塊石頭，沉甸甸的。牠沒想到，在這片原始森林裡，還會碰到人。

沒有人看到啊嗚，空氣平靜而又自然。

啊嗚緊張地觀察了一會兒，還不放心，又夾著尾巴，躲躲藏藏地繞著營房轉了一圈兒，直到弄清確實沒有什麼危險，才跑走。

營房不大，人有三十來個。但是啊嗚記住了，在森林邊緣，在一條大江旁邊，住著一群帶槍的人。

啊嗚在跑過小路的時候，又發現了馬的蹤跡，那是一行隨走隨拉出來的、亮閃閃的馬糞。啊嗚怒火沖天，跳到小路上，把馬糞連抓帶撓，拋了個滿天開花。

牠很煩躁，人，又是人！怎麼到哪兒也躲不開人呢？

原始森林裡黑乎乎的了。啊嗚跑了許久，很疲乏了，才停下來。牠的胃裡空空的，火燒灼般難受。牠抖抖身子，蹲下來，打算歇一會兒。忽然，什麼地方傳來一聲刺耳的慘叫。牠不由得又站起來，聽了聽，急忙藏在一叢灌木後。

森林裡更暗了，一棵棵大樹黑黝黝地矗立著，像是栽在地上的眾多的柱子。樹枝上吊下來的野藤，亂七八糟的，彷彿許多繩套；一截水桶粗細的倒木橫躺在不遠處，被草和灌叢遮掩著，看得見部分樹幹和已落光了葉子的樹冠，看不見它的根部……

「嘩啦」，「喀啦」，從不遠處傳來一陣折斷灌木枝條的聲音，接著，便是呼呼哧哧的喘氣聲。啊嗚把頭伏得更低了。

一雙黃綠色的眼睛出現在一棵大樹旁，狐疑地轉了轉，看看沒有動靜，才又向前移

動。牠移動得很吃力，彷彿拖著一件十分沉重的東西……啊嗚看清了，這是一隻高大的猞猁，正叼著一隻狍子走向倒木。

啊嗚忽然暴怒了。此刻，牠覺得那耳朵尖上有一撮毛的傢伙是那樣古怪，叼著狍子似乎還在獰笑。牠咆哮著，從灌木叢中「呼」地跳了出來。

猞猁嚇壞了，拖著狍子撒開了腿。但轉眼之間，啊嗚已撲到了身後。猞猁不得不丟掉沉重的狍子，刷刷刷地躥上了一棵大樹。

啊嗚追到樹下，激憤地扶著樹站起來。可牠不會上樹，只能抓撓樹皮。三把兩把，一大片樹皮被撕成了一縷一縷。

黑暗裡，狍子蹬蹬腿，忽然翻身跪了起來，接著一躍而起，箭一般向前躥去。啊嗚聽到聲音，扭回頭，正奇怪，狍子躥到倒木前，跳了跳，沒跳過去，撲通摔倒了。啊嗚氣小了點兒，急忙跑了過去。

狍子還在掙扎，但牠實在跑不動了，嘴裡冒出血紅的泡沫。啊嗚用爪子按住牠，發現牠脖頸下被咬開了一個大口子，血正汩汩地湧出來。狍子肚子上也有一個血糊糊的口子，一截腸子流出來，好像還在蠕動，散發出一股內臟特有的腥氣。

啊嗚的肚子咕嚕咕嚕地響，聞到血腥味，牠更餓了。牠舔舔狍子脖頸中流出的血，忘乎所以地嘬吸起來。

吸著吸著，牠嫌血流得慢，把狍子脖頸奮力一撕。狍子忽然慘叫一聲，又翻身跪了起來。啊嗚慌了，在狍子頭上猛拍一掌，又急忙咬住了狍子脖子。狍子停止了掙扎，像一灘軟泥似的癱了下去。

這是啊嗚第一次在野外捕獵，第一次殺死一隻還有生命的動物。

猞猁著急地在高高的大樹杈上轉來轉去，黃綠色的眼睛惡狠狠地盯著不遠處的啊嗚，鼻子裡不斷發出憤怒的嗚嗚聲。但牠不敢下來。

當那隻龐大的老虎抬起頭，舔舔嘴唇，蹣跚著邁開腿的時候，牠才一面看著老虎，一面偷偷地溜下樹。可還沒在地上走出幾步，老虎又扭回了頭。猞猁惱怒地吼叫著，抬了抬爪子，但是接著，牠又閃電般地爬到了樹上——那隻龐大的老虎回來了。

啊嗚臥在只剩下腦袋和蹄子的狍子旁，舒適地把頭枕在了前腿上。牠捨不得走，要守著剩下的這點兒食物休息。

牠的心情已經好起來，這片原始森林畢竟還是人煙稀少的。至於那個邊防站，那兒的人們似乎很少到森林深處來，牠還沒有在大河岸以外的地方發現他們的蹤跡。

「就是這兒了。」啊嗚放心地安家了。剛閉上眼，又一骨碌站了起來，去倒木上撒了一泡尿。

六、走向自由之路

1

偶然遇到的一隻狍子，使啊嗚懂得了，活著的其他動物也是可以吃的。但是，怎樣才能捉到能跑能跳、會飛會叫的動物呢？

啊嗚剛逃進山野的時候，有些膽怯。一隻從面前草叢中突然飛起的鳥兒，也會嚇牠一跳。可是，當牠看到山林中的動物遇到牠，幾乎都要紛紛躲避，牠意識中潛存的、獸中之王的尊嚴被喚醒了。牠知道了自己的力量、自己的地位。牠不應怕任何野獸，相反，任何野獸對牠的蔑視，牠漸漸都不能容忍了。

啊嗚瘦多了。危險和飢餓折磨著牠，驅使牠整天東奔西跑、鑽林跳澗，但這也恰恰鍛鍊了牠的靈敏和機警，這是在馬戲團的鐵欄裡無論如何也學不到的。

啊嗚的腳掌變得越來越粗硬，腳掌前的爪子——腳趾甲，又長了出來。這爪子尖尖的，長達十厘米，厚厚的牛皮也擋不住啊嗚的一抓。

可是，僅僅憑這些，啊嗚還要挨餓。

狍子和小鹿的大小差不多，沒有多少肉，一隻狍子啊嗚一頓便能吃掉。很快，啊嗚又餓了。

狍子的肉又細又嫩，味道鮮美超過了任何食物。啊嗚決定，再弄一隻狍子吃。

牠又到尿過一泡尿的倒木前去過了，並且依舊隱蔽在那叢灌木後面。可是，最後，牠不得不失望地離開了。

通向自由的路是崎嶇的，天下的好事哪兒有那麼多呢？眼下的啊嗚，還是隻傻老虎哩。

啊嗚晃晃悠悠地在大森林中轉，沒有家，也不知道哪兒有食物，走到哪兒算哪兒。天亮了，牠闖進一條山溝。

大概是燒過一次大火，或者是鬧過幾次洪水，山溝裡沒有大樹。叢生的灌木中夾雜著一簇簇山楊和榆樹的幼苗，都頂著翠綠柔嫩的葉子，在初升的太陽下搖動，反射著明亮的光。

啊嗚沒有來過這兒，覺得新鮮，剛剛在一棵枯樹樁上擠出一泡尿，忽然發現遠遠的一

片小榆樹前有一片閃動的橙黃色。牠昂昂頭，瞇起眼睛，看清了，那是幾隻狍子，正在仰頭捋吃榆樹上的小葉兒。啊嗚高興得尾巴亂擺，連連打了幾個噴嚏——這真是踏破鐵鞋無覓處，得來全不費功夫。

啊嗚在灌叢後潛行，不時抬頭看看狍子的動靜。還好，狍子們很貪吃，還在搖頭擺尾地捋樹葉。啊嗚縮起尖利的爪子，只用腳掌上的趾肉著地，悄沒聲兒地慢慢向獵物接近……

狍子們一邊吃一邊發出的咕咕聲能聽到了，狍子摘樹葉的嚓嚓聲也能聽到了。啊嗚扺起了耳朵，現在，只需要再挪近兩步，啊嗚就可一躍撲出了。

忽然，一隻狍子磨動的嘴停住了，疑惑地在空氣中抽了抽鼻子。剎那間，其他幾隻也揚起了頭。啊嗚不敢動，悄悄伏下了身子。

狍子們有些慌亂，好像嗅到了什麼，急急忙忙轉過身，紛紛從一片胡頹子灌叢上跳過，飛一般地跑了起來。

「是誰驚動了狍子？」啊嗚懊惱地抬起頭來。周圍靜悄悄，什麼異常也沒有。遠處，幾條撅著的小尾巴在晃動，那是逃跑的狍子。

一陣小風從啊嗚身邊吹過，吹向小榆樹叢，把小榆樹吹得搖搖擺擺。

2

啊嗚餓得頭暈眼花了。

啊嗚要到小溪邊去。

啊嗚發現，牠來時跳過的那條小溪，是許多動物常去的地方。每天，小溪旁潮濕的沙土地上，都要印上許多新鮮的足跡：兩個緊緊相挨的蹄子瓣兒，這是野豬留下的；兩個半圓湊在一起，跟牛腳印差不多，這是馬鹿踩出的；跟啊嗚自己的腳印完全一樣，只是小得像一隻蒜頭，這標誌著山貓來過；清清楚楚，像一個丫字，腳印旁常常伴有一小灘稀屎，不用說，這是松雞才喝過水……這些野獸野禽跟啊嗚一樣，也都愛喝清甜的溪水。

不過，跟啊嗚不一樣的是，這些久居山林的野獸野禽是吃飽了才來喝水的。

夜色中，啊嗚探著脖子，每走一步，大腦袋就上下顛動一次。牠走得很慢，對牠來說，時間反正有的是。

在小溪邊，啊嗚站住了，鼻翼呼呼地嗡動起來。牠嗅到一股味道兒。

周圍黑漆漆的，小草和灌木隱隱約約露出一片片輪廓，只有參天大樹的樹冠上亮一些，看得見斜伸向上的樹枝和輕輕搖動的樹葉。樹冠上方，是一彎兩頭尖尖的月牙兒。

啊嗚向前走了幾步，味道消失了。牠趕快扭回頭，於是，味道又飄進了牠的鼻孔。牠低頭轉了一圈兒，一行水淋淋的腳印映入了眼簾。這腳印跟狍子的差不多，也是細長的，

只是小一點兒。而每兩個並排著的細長腳印中間，還有一個小方腳印。

一股淡淡的血腥味在腳印上飄蕩。

啊嗚的眼睛放光了。牠知道，這腳印是兔子的。兩個細長腳印是後腳留下的，小方腳印則是兩隻前腳並排落地踩的。這說明，這隻兔子是慌慌張張跑過去的。

那麼，腳印上的水點子和血腥味又是怎麼回事呢？啊嗚轉著圈兒嗅，怎麼也鬧不懂，煩了，扭回頭，顛顛地順著腳印跑起來。牠實在太餓了。

腳印綿綿不斷，穿過草叢，繞過大樹，一直走向森林深處。

一隻兔子在一叢灌木中喘息。這兔子個子很大，像隻小狗，兩隻長耳朵軟軟地耷拉下來，眼睛半睜半閉，精神萎靡不振。牠身上的毛很零亂，濕乎乎的，脊背上有很大一片暗色的血跡。這是鷹抓的。

下午，兔子跑過一片林間空地，不提防一隻眼睛上方有一塊白色眉斑的蒼鷹，箭一般撲了下來，一下子抓住了牠的脊背。

兔子大叫了一聲，可牠不敢回頭。牠知道，鷹的另一隻爪子正準備抓牠的眼睛。鷹啪啪地拍動翅膀，竭力想把兔子提起，這使牠兩條後腿蹬不上勁，跑起來很費力，但牠還是拚了命地掙扎。

好在離一叢野刺玫不遠，牠連滾帶爬地往裡鑽，蒼鷹不得不鬆開了爪子。

鷹爪很尖利，深深刺進了牠的身體。

天黑了，蒼鷹回了巢，兔子口渴難耐，跑到小溪邊喝水，誰知一陣頭暈目眩，一跤跌進了水裡。牠失血太多了，不敢再亂跑亂動。現在，牠要回去，趴在洞裡養傷。

一個龐大的黑影悄沒聲兒地跑過了灌叢，這黑影口大如盆，目光似炬。兔子嚇壞了，哆嗦一下，豎起了耳朵。牠不敢動，縮成一團，緊緊依偎在灌木根下。牠知道，這是隻老虎。

老虎又回來了，低頭在地上嗅來嗅去，鼻子中呼出的氣把草吹向兩邊……終於，老虎站在了灌木前，兩隻炯炯有神的大眼逼視著灌木叢，並且，伸出了一隻前掌。兔子藏不了，「撲喇喇」，跳出了灌木叢。

兔子很後悔，假如牠再堅持一下，走幾百米，就不會有這樣的危險了。

啊嗚風一般地追著兔子跑。兔子身上的血腥味兒是那樣濃，引得牠的腸胃劇烈摩擦起來，恨不得一下子把兔子吞進去。

啊嗚兩耳貼緊脖頸，大尾巴飄飄悠悠地拖在身後。牠覺得，以牠的個子和速度，不用跑幾步就可以捉住那小東西。

只差一步就搆著兔子屁股了，啊嗚伸出前爪，想按住牠。驀地，兔子拐了個彎兒。啊嗚直向前衝去，待折回身，兔子已躥出了十幾米。

「咦，這小東西還真狡猾。」啊嗚從斜刺裡躥過去，很快又跟上了兔子。這一回，牠留神，防備兔子再拐彎兒。

兔子把耳朵貼在身上，箭一般地跳躍著飛逃。聽到身後老虎呼哧的喘氣聲了，牠前後腿猛一蹬，「嗤——」原地轉了個圈兒。老虎又躥過去了，兔子折轉身向後逃去。

啊嗚氣壞了，覺得受了羞辱。吼一聲，像炸響一個沉雷，兔子嚇得跌了一跤。啊嗚一縱身又追了上去。但這回，兔子沒拐彎兒，也沒有打轉兒剎車，只是突地一跳，像隻青蛙在啊嗚面前躍過，躥進了一片灌木叢。

啊嗚愣了愣，待回過神來，向灌木叢看時，兔子早沒有影子了。

灌木叢中有一塊石頭，石頭下有一個土洞。啊嗚悵惘地看著黑乎乎的洞口，胃裡更難受了。

3

漸漸地，啊嗚有了一些打獵經驗。

在馬戲團裡，啊嗚不學習，至多是挨頓打。在山野裡，牠不學習，是要餓死的。

這是一個中午。啊嗚在一片草叢中臥了下來。

陽光照在山坡上，到處明晃晃地刺人眼目。啊嗚伏在草叢裡，一動不動。牠的皮毛黃黑相間，從遠處看，就像草叢間草葉投下的長長的黑影。

草叢前面，依稀有一條小路，這是一頭雄鹿踏成的。

這頭雄鹿剛剛脫掉角，傷了元氣，但仍然跑得飛快。啊嗚追過牠，追不上。

啊嗚遠遠觀察到，這頭鹿每天中午都循著一條固定的路線去小溪邊喝水。牠決定伏擊這頭鹿。

啊嗚身上的毛被風吹得微微起伏，啊嗚又留神看了看眼前晃動的草尖，放心了。風正從鹿來的方向吹到。牠不能不謹慎，上次襲擊狍子，就是風把牠的氣味吹過去，從而使狍子發現自己的。鹿可是更機警的傢伙。

時間一分一秒地溜過去，太陽漸漸偏西了，鹿怎麼還不露面呢？

啊嗚納悶地昂起頭，從草叢上面看過去，周圍一點兒動靜也沒有。牠站起來，遠遠地傍著小徑向上走。

牠已等了好幾個小時，不能再傻等了。但牠也不敢大意，絕不踏在小徑上。牠知道，鹿的疑心很重，走過的小徑不能有一點兒異常，不然，就要繞道而行了。

翻上山梁，小徑忽然中斷了。草被粗暴地踏倒在地，旁邊的灌木叢也被撞得枝零葉落。草地上有亂七八糟的腳印，還灑著斑斑點點鮮紅的血跡。

啊嗚脖頸上的毛豎了起來，牠意識到，這兒發生過搏鬥。

牠圍著踏倒的草叢低頭打轉兒，辨認出腳印有鹿的，也有狼的！而且是兩隻狼留下的，一隻狼從後面追趕上來，另一隻狼就伏在這兒的灌叢裡截擊。

啊嗚憤怒了，嗚嗚地低吼一陣，一躍向鹿和狼跑走的方向追去。

啊嗚心裡升騰著怒火，牠想不到，在牠自由生活的路上，還會遇到另一種威脅：牠就要捕獲的獵物也會被別的動物半路劫走。

一片陰暗的雲杉林子裡，晃動著四隻陰森的眼睛。兩隻狼在這兒殺死了鹿，大口吞吃了牠的內臟。現在，正費力地拖起死鹿，向牠們的窩巢走去。

啊嗚吼一聲，幾步躥上去。兩隻狼從嘴裡發出唔唔聲，想跑，跑不快，只好丟下鹿跳開了。

啊嗚伏在鹿身上，連撕帶扯地吃起來。

吃著吃著，發現狼並未走遠，正蹲在一棵大杉樹下，惡狠狠地盯著自己，那股怒火不由得又湧上心頭。牠吼吼地咆哮著，一縱身撲了過去。狼膽怯了，剎那間便跑得無影無蹤。

可是，當啊嗚暢懷大吃起來的時候，兩隻狼又回來了，夾著尾巴，遠遠地兜著圈子，尖尖的牙齒齜出來，脖子上的毛高高膨起。

啊嗚一邊吃，一邊憤怒地從嗓子眼裡擠出低沉的吼聲。牠恨透了這種灰毛尖嘴的傢伙，吃了幾口，乾脆叼起死鹿，走了。

七、決鬥

1

啊嗚還是經常挨餓。打獵實在是太不容易了。

人類在發展過程中，有一度是靠打獵爲生的。可手持弓箭木棒、身披獸皮的原始人類發現，這種生活方式實在靠不住。早晨集合出發的時候，一群群肌肉發達、威武有力的大漢們，誰也不敢保證這一天能打到點兒什麼，使身後爲他們祈禱的女人、老人和孩子晚上不再空著肚子睡覺。

當人們有了一點兒畜牧業和農業生產經驗以後，世界各地的原始人紛紛丟掉了弓箭和石矛，轉向了牧場和田地。於是，人類的數目爆炸似的增加起來，歷史前進的腳步也像割去了絆繩，邁得飛快了。

地球轉到了今天，沒有多少人再靠打獵爲生了。可是動物不行，牠們不能改行，還得過著這種飢一頓、飽一頓、沒有一點兒把握的生活方式。於是，許多食肉動物漸漸適應了這種折磨，牠們的胃變得像個橡皮袋，有食物的時候可以大吃狠吃，把胃撐得像個打足氣的大氣球。沒食物的時候也能餓著，任胃壁緊緊貼在一起劇烈摩擦，甚至餓一兩個星期也不鬧毛病。

啊嗚就這樣打發著日子。

啊嗚空著肚子在森林裡轉，這已經是第十天了。

十天裡，草和灌木長高了一截，大樹和小樹上又添了許多新葉，可啊嗚還是什麼也沒捉到。

說來也怪，當啊嗚不知道捕食動物的時候，動物們——像那些兔子啦、松雞啦總在牠面前跑來晃去。可當啊嗚學會打獵，能捕食動物了的時候，動物們就離牠遠遠的，處處躲著牠了。

太陽還沒有露臉，大森林裡瀰漫著薄薄的霧氣。

鳥兒們開始歌唱了：「嘎嗒嗒，嘎嗒嗒。」這是肥胖的烏雞脖子顫動著發出來的；「喀、喀，咯咯咯。」這是高大的蒼鷺在叫，這叫聲總叫人覺得牠噎著了；「咯咯咯嘎克。」這是肉味鮮美的環頸雉，在招呼同伴起床覓食，牠們總是成群活動。

頭頂樹枝間，不時有小動物的身影閃過：那顏色發紅、拖著一條蓬鬆尾巴的，是松鼠；那追逐松鼠、身材細長像黃鼠狼的，是紫貂；那隱在枝葉間、沿著樹枝慢慢向鳥兒靠近的，是山貓……

緊張的一天又開始了，大家都在覓食，啊嗚「嘓」地咽了一口口水。

稍遠一點兒的景物若隱若現，像一幅朦朦朧朧的水彩畫。一滴水珠從樹葉上滾落下來，掉在啊嗚脖頸上，涼涼的，使牠感到少許愜意。

啊嗚抖抖皮毛，繼續向山下走去。

夏天到了，天氣越來越熱，也越來越潮濕。每天早晨，森林裡都不斷有水珠從樹葉上落下來，有時像下雨。啊嗚轉了一夜，很疲乏了，但牠還不能休息，還想到山下碰碰運氣。

山下是一條土壤肥沃的大山溝，山溝裡的灌木和雜草特別茂盛，這兒便成了一些不怕炎熱潮悶的動物的樂團。牠們用蹄子刨香甜多汁的草根，用柔軟的嘴唇摘吃灌木上結出的圓漿果，用鍘刀似的門牙切下灌木的柔梢、嫩草的長葉以及灌木草叢下五顏六色的蘑菇，這些動物在山溝裡鑽來鑽去，於是，灌木草叢間便出現了越來越多的小徑。

啊嗚在一塊大石頭上站了片刻，張嘴喘著，然後便跳下去，沿著一條有駝鹿腳印的小徑走起來。山溝裡悶熱難當，空氣中散發著濃烈的腐草味兒，牠很不習慣。

草和灌木越來越深，啊嗚頭上漸漸聚集了一團蚊子。這些長嘴巴的小傢伙是從草叢中飛起來的。啊嗚一開始並不在乎牠們，只是一邊走一邊不斷地抖動皮毛。可蚊子越來越多，像一團不斷膨脹的煙霧，在牠頭頂翻上翻下，並且打雷似的嗡嗡拍著翅膀。

這時候，啊嗚還忍著。

後來，蚊子多到碰頭撞臉，在牠身上亂叮亂咬，有一些竟鑽進啊嗚鼻孔，嗆得牠連連打了好幾個噴嚏。啊嗚火了，狂叫一聲，齜出了牙。但這沒用，蚊子絲毫不在乎這種威脅。啊嗚再也不能往前走了，只好一扭頭向回跑去。

這樣一來，牠倒了楣。

2

老虎是獸中之王，蚊子是昆蟲，不是一類，因此，蚊子不怕老虎。

啊嗚也見過蚊子，不過，這麼多蚊子一齊向牠進攻，這還是第一次。

隨著天氣逐漸悶熱，山林裡的野獸們也開始向風涼高爽處轉移。只有十分飢餓的時候或一些皮厚、不怕蟲咬的動物才到山溝裡來。

啊嗚爲追逐食物，也不知不覺間跟著跑到了海拔較高的山林裡。牠沒想到，一踏進悶熱潮濕的山谷，會遇到這麼多小怪物。

啊嗚慌不擇路，在灌叢草莽間橫衝直撞，恨不得一下子撲上山坡，撲進密林。

牠走的不再是那條彎彎曲曲的小道。五顏六色的小鳥驚叫著從草叢中飛起，五花鼠等小動物嗖嗖地在啊嗚面前竄過，一個龐大的棕黑色傢伙也慌慌張張地從一叢灌木中鑽出。啊嗚沒有提防，「砰」地撞在牠的屁股上。

啊嗚胸脯被撞得很痛，那傢伙被撞得屁股歪在一旁，「吱兒」尖叫一聲，但沒摔倒。

啊嗚定定神，還要跑，那傢伙卻不讓了。扭過頭，瞪起一雙小眼，惡狠狠地盯住牠，擋住了去路。

啊嗚脖子上的毛「刷」地豎了起來，牠看清，這是一頭野豬。

這傢伙前腿高，後腿低，個頭跟啊嗚差不多。堅硬的大腦袋下，挺著一張長長的嘴巴，嘴巴裡齜出兩顆彎彎的獠牙。由於緊張和激動，野豬呼呼地喘著氣，全身的鬃毛都在抖動。

蚊子嗡嗡地追上來，又聚集在頭頂上了。啊嗚看看天空，急忙繞個彎繼續逃避。牠此刻顧不上招惹野豬。沒想到，野豬有自己的理解方式，牠把啊嗚的逃避看做是害怕，膽子陡地大了許多。於是，頭一低，噠噠噠地向啊嗚衝了過去。

啊嗚被撞翻了，還沒站起來，野豬又低頭向牠拱去。

這一拱力量很大，常常有幾百斤的力氣，拱在肋骨和肚子上，勢必會使老虎內臟受

傷。而如果野豬的獠牙再一戳一挑，老虎的肚子或胸脯就會開個大窟窿。啊嗚急忙借勢一滾，野豬拱在牠的脊梁上，這倒幫助牠站了起來。

野豬的嘴拱滑了。啊嗚的腿剛能使勁，便趕快掉轉了屁股。

蚊子在頭頂上越聚越多，牠們也攻擊野豬，不過野豬的皮只是抖了抖。牠的皮厚，不怕蚊子。

野豬咻咻地喘著氣，緊閉的嘴巴邊噴出許多白色的涎沫。啊嗚憤怒地咆哮著，四爪牢牢地抓緊地面。牠沒有想到，牠會得罪一隻野豬，而這隻野豬竟敢跟牠拚命。

當感到脊背有些痛時，牠想教訓教訓這頭愚蠢的傢伙；當幾隻蚊子輪番叮牠鼻子的時候，牠忽然又不想跟野豬打架了。驀地，牠向旁邊一跳，撒腿就跑。

勇敢的野豬取得了輝煌的勝利，牠的信心更足了，牠還要把老虎徹底消滅，以保證今後再不受到威脅。於是緊緊跟蹤，風也似的跟在老虎身後跑。

不過，牠沒有追上老虎。當老虎的身影在樹木灌叢間消失了的時候，牠站住了，輕蔑地哼了一聲。片刻之後，才大搖大擺地轉過身，又去山谷裡拱草根吃了。

倒楣的啊嗚跑上山坡，鑽進了深林。在一片樹木最稠密、光線最暗淡的地方臥下來，久久地呻吟和喘息。

牠的脊背很痛——不是一般的痛，一動還有些酸溜溜的。牠的鼻子、額頭以及尾巴尖上，被蚊子叮起了許多疙瘩。疙瘩密集的地方，皮膚腫得又高又亮，毛豎了起來，就像在皮膚上插著。

牠的自尊心也受到了傷害。牠太沒有經驗了。在這座原始森林裡，牠還不能耀武揚威。有許多體形巨大的野獸，牠還沒有真正接觸過。既然這頭野豬能把牠揍得如此厲害，其他的野獸也可以這樣收拾牠，牠不能不處處小心了。

3

一開始，啊嗚看到野豬的蹄印轉身就跑。可老天好像在故意和牠爲難，牠總是碰上野豬的蹄印。不管是去溪邊喝水，還是在山坡密林裡尋鳥蛋，牠彷彿總也躲不開那兩瓣小船似的印痕。

隨著啊嗚腰脊疼痛的減輕，漸漸地，牠對野豬的蹄印習以爲常了。並且，逐漸地，老虎祖先所特有的那種強悍、不甘受辱的脾性，在啊嗚身上復甦了。牠心裡忽然升騰起一股強烈的、再去找野豬，和野豬較量較量的願望。於是，牠開始沿著野豬蹄印追蹤，狂怒地用爪子刨土，大聲咆哮，撒尿，以表明自己對這座森林的佔有權。

牠還進行埋伏，在牠認爲野豬可能經過的地方，一動不動地一藏就是好幾個小時。

終於，有一天，決鬥的時刻到了。牠低低地趴在灌叢後面，透過灌木枝間的空隙望著

一條小徑。小徑上的草被踩折了，踩黃了，枯黃的草根間印滿了野豬的蹄印。這條小徑就通向低窪潮濕的山谷。

天氣悶熱得很，樹葉懶懶地垂著，一動也不動。草葉上的露水已經乾了，草葉根部還是濕漉漉的。螞蟻排成長隊，在灌叢下急急忙忙地跑，有的還背著白色的、狗尾草籽般的蟻卵——是在搬家吧？

下午，遠遠響起了沙沙聲和哼哼聲。啊嗚抬起頭，抽了抽鼻子：是野豬的氣味兒！牠立刻把耳朵貼緊了，後頸上的毛也豎了起來。

牠的身子緊貼地面，並把後腿蜷在肚子下。野豬在路上停了兩次，牠在幹什麼呢？是在揪草葉吃，還是在傾聽動靜？啊嗚不知道，牠只是耐心等待著。

終於，野豬露面了。先是兩隻尖尖的耳朵露出灌叢，接著便是一顆鬃毛堅硬、碩大窄長的豬頭。野豬停了停，眨眨小眼睛，哼了一聲，然後便向啊嗚藏身的地方走過來。

「是那頭野豬！」啊嗚有點兒焦躁，悄悄挪了挪後腿；野豬又站住了；並且皺了皺鼻子。顯然，牠聽到了老虎發出的聲音。

啊嗚長嘯一聲，凌空躍起，攔在面前。野豬的眼睛紅了，「哼，手下敗將！」牠從鼻孔中噴出一聲，然後徑直朝老虎衝來。

啊嗚跳開了，並順勢用右前爪在野豬粗大的脖頸上抓了一把。野豬的脖頸上冒起一股煙，掉下一些碎屑，接著，沁出了一顆顆血珠。

若在別的動物身上，啊嗚這一抓，肯定皮開肉綻。野豬皮厚，又常在泥巴裡打滾，在松樹上蹭癢，泥巴和松脂像給牠包上了一層又硬又滑的鐵甲。因此，野豬只是受了點兒輕傷。但這已經使野豬勃然大怒，牠氣哼哼地扭回頭，再次向老虎衝來。回身、前衝，動作快捷，意想不到。

此刻啊嗚剛放下爪子，扭過頭，野豬已經撞了過來。這一撞是如此厲害，不僅使啊嗚翻了個跟頭，屁股上還被戳了個窟窿，血馬上流出來。啊嗚怒極，張開大嘴，吼了一聲。這吼聲震耳欲聾，旁邊的灌木葉子瑟瑟抖個不停。野豬怔了怔，啊嗚趁機轉回身，用力在野豬頭上拍了一下。

野豬慘叫一聲，牠的一隻眼睛瞎了，流出許多帶血的清水。

但這隻野豬是隻孤豬，野蠻透頂，生死不怕。牠悶叫一聲，忍著疼痛，一低頭又撞了過來。

啊嗚閃到一旁，野豬並不停頓，調轉屁股又向老虎拱來；啊嗚不得不再次閃開。於是，兩隻獸在灌木草叢間推磨似的轉起來。灌木枝兒折了，草叢被踏倒了，變了顏色的葉子和泥土飛揚起來，撒得周圍到處都是。

啊嗚繼續和野豬周旋，一邊躲閃野豬的衝撞，一邊冷不防就抓野豬一下。牠漸漸悟出了打架的訣竅：野豬的嘴不好對付，牠應該竭力從側面或後面撲擊。這是對手防禦薄弱的地方。當牠明白這一點以後，牠主動多了。終於，牠撲到野豬身上，按倒了這個龐大有勁的傢伙。

野豬有點兒慌，呼哧呼哧地要掙扎站起，卻被虎爪按著。牠急了，張開掛著白沫的大嘴，扭頭就咬啊嗚。啊嗚一驚，急忙抽開前爪，野豬一骨碌爬了起來。

啊嗚急忙又撲上去，野豬飛快地一轉身，啊嗚被甩開了。接著，野豬瘋了似的一拱，啊嗚還沒站起，便被挑了起來。

可憐的啊嗚摔倒了，這是牠有生以來第一次認真地打架，但牠太嫩了……沒容牠爬起，野豬又是一拱，一挑。啊嗚骨碌碌地在地上滾。牠受了重傷，喉嚨裡腥膩膩的，可能是內臟出血。牠不再叫，那可能使生命結束得更早。

野豬追著啊嗚拱，拱，直到自己氣力用盡。牠也是遍體鱗傷，特別是肚子，那兒有一道長長的口子。雖然沒露出腸子，可一用力，肚子便像被撕破一樣痛。牠上氣不接下氣，停了下來，想喘一喘。

這一下，牠犯了個致命的錯誤。老虎忽然抬起頭，一口咬在牠的脖子上。野豬大吃一驚，慌忙中奮力仰起頭。這一來，卻使牠脖子被老虎咬豁了，氣管也被扯斷。「撲通！」野豬摔倒在地上。

啊嗚嘴裡流了血。野豬拱牠時，牠一直咬著牙。牠憤怒極了！如果說牠一開始還只是想較量較量，那麼現在牠就是發狠拚命了。牠絕對不能輸給野豬，即使同歸於盡也罷。

啊嗚掙扎著站起來，看到野豬也在費力地抬起前半身，急忙又撲了上去。牠緊緊抓住野豬粗壯的後頸，用力按壓，同時用後爪撕扯野豬的肋部。接著，又用左前爪和牙齒抓住野豬後頸，騰出右爪在野豬頭上狠擊，試圖擊碎野豬的頭蓋骨。

牠嘴角掛著血水，牙縫裡透出低沉的吼聲，也不知哪兒來的那麼大勁兒！野豬頭暈腦脹，血像泉水似的從脖頸裡躥出。但牠還要作垂死掙扎，把老虎甩開。

牠終於做到了，受了重傷的啊嗚翻倒了。野豬想逃跑，眼睛卻什麼也看不見，一頭扎進灌叢，撲通又摔倒了。

野豬「嗯兒嗯兒」地哼叫著，蹬了蹬腿。漸漸地，哼叫聲停止了。

啊嗚爬起來，久久地守著壓倒了一大片灌叢的野豬。牠知道野豬已經死了，但牠並不愉悅。牠恨自己，牠竟然被一隻野豬弄成了這副樣子。

踩倒的草有許多被血黏成了一綹一綹的，散發著青草汁液和血腥味兒的混合氣息。這血中，有野豬的，也有啊嗚的。

八、生死之間

1

周圍靜悄悄的，樹枝不搖，草葉不晃。平時嘰嘰喳喳叫個不休的鳥兒，在樹上竄來跳去的小動物，都不知躲到哪兒去了。許久許久，直到天快黑下來的時候，才有幾點綠森森的熒光從密林深處漂游過來。

這是兩隻狼。

兩隻狼遠遠地圍著啊嗚轉，眼睛裡閃著貪婪的光。牠們的鼻子跟狗鼻子一樣靈敏，早就嗅到了濃烈的血腥氣。啊嗚警惕地看了牠們一眼，沒有動，牠實在是沒有力氣了。牠的肚子脹鼓鼓的，脊背酸痛得厲害，屁股蛋兒也腫得老大。牠必須閉上眼睛，保存身體內部的力量，讓牠積聚起來去戰勝傷痛。這個時候，任何耗費體力和精神的活動，都可能導致危險。

兩隻狼轉了一會兒，蹲下來。一隻狼開始舔身上的毛，另一隻抬起一條後腿，「嚓嚓」地搔起脖子。過了一會兒，兩隻狼見啊嗚仍舊蹲著，像塑像似的一動未動，又蔫蔫地垂著尾巴轉起了圈兒。

狼越來越膽大，牠們看透了老虎，知道牠受了致命傷。終於，一隻狼像小偷似的跑過來，死死盯著啊嗚，一隻叼住野豬的小尾巴，要用力拖走。另一隻狼豎起頸上的毛，遠遠看著，見同伴拖不動，也跑過來，緊緊咬住野豬的一條後腿。

啊嗚很憤怒，卻仍然一動不動。死野豬的尾巴被拽斷了，一隻狼「啪」地摔了個屁股墩兒，另一隻狼「嗚」地驚叫著跳開了……看看老虎依然沒動，才知是一場虛驚，兩隻狼又蹦手蹦腳地跑了回來。

野豬實在太沉重了，兩隻狼怎麼也拖不走，無奈何，牠們夾緊尾巴，小心翼翼地舔起豬身上的血。舔著舔著，牠們乾脆在老虎身邊大吃大嚼起來。

啊嗚閉上了眼睛，狼吞肉的聲音使牠很厭煩。但牠還是沒有動，牠知道，牠已沒有力量趕走這兩隻狼。而且，假如牠摔倒了，暴露出虛弱，這兩隻狼說不定會像撕吃野豬一樣，撲上來撕碎牠……

啊嗚打了個寒戰，忽然意識到這個地方凶多吉少，必須馬上離開。牠搖搖晃晃地站起來，兩隻狼急忙跳到了一旁。張著血糊糊的大嘴，惡狠狠地盯著牠。啊嗚脊背一陣酸軟，險些重又坐下；定定神，還是邁開了腿。

啊嗚有些渴，想先去喝口水。牠發現，這兒離那條大江不遠。

2

啊嗚走得很慢。

牠不敢快走，也不能快走。屁股的腫脹，使牠的後腿很僵硬。兩次受傷的脊背，彷彿再也受不得一點兒顛簸，每當上坡下坡、拐彎抹角，便酸痛得禁不住渾身哆嗦。牠不得不常常停下來，蹲一會兒再走。

啊嗚受傷的內臟也容不得顛動，一遇崎嶇，啊嗚便想嘔吐，而嘔出來的，又總是猩紅的血水——這大概是啊嗚所有傷痛中最要命的。

夜越來越深，天悶熱得讓動物們喘不過氣來。蚊子和跳蚤活躍異常，循著血腥氣從四面八方飛來，撲在啊嗚身上亂叮亂咬，吮吸這頭垂死巨獸寶貴的血液。啊嗚連抖抖皮毛也不敢，牠只能忍著。

在快到森林邊緣的時候，一隻蚊子飛進了啊嗚的眼睛，啊嗚眨了眨眼。但就在這時候，牠踩在一個小坑裡，顛簸造成的劇烈疼痛，使牠一下子昏了過去。

森林裡寂靜得很。

啊嗚醒過來的時候，天空炸響一個霹靂。這霹靂是那樣響，簡直像天崩地裂。

風來了，森林喧鬧起來。巨大的樹冠搖來擺去，發出嗚嗚的聲音，像千萬頭猛獸一齊仰天嚎叫，也像大海掀起了滔天巨浪。

閃電來了，像鞭子被一隻無形的大手揮動著，抽向大地，抽向莽莽的山林。於是，風更大了，森林似乎翻騰起來。閃電光通過樹梢搖動的間隙，灑進密林，把林間的一切，一陣陣映成幽靈般的青白色。

啊嗚爬到一顆大松樹下，痛苦地低聲嗚嗚著，這叫聲和林濤相呼應。牠不知道大森林下一步會發生什麼變化，有些懼怕。牠緊緊依靠著大松樹。大松樹彷彿也在顫抖。

這顫抖使啊嗚渾身疼痛，但牠不敢再走動。牠覺得大森林裡到處都是強烈的不安，根本就無處躲藏，牠只有依偎這株松樹。

天更黑了。

突然，一道紫紅色的閃電劃破黑暗，刺在近處山巒上。天空彷彿哆嗦了一下，森林裡瀰漫起一股硫磺味兒。緊跟著，一聲霹靂震耳欲聾。

天好像漏了，黃豆大的雨點兒急驟地傾潑下來。頃刻間，嘩啦啦的聲音充斥了森林。除此之外，什麼也聽不見了，只有壓倒一切的雷聲還不時威嚴地轟鳴。

蚊子和跳蚤不知躲到哪兒去了。啊嗚趴在大松樹下，一開始還感到少許涼爽，接著便冷得哆嗦起來。雨點打在樹葉上，透過層層樹葉的匯聚，變成無數道雨幕灑潑在樹根旁。

啊嗚被直傾直倒的雨水打得睜不開眼，渾身上下被澆得濕淋淋的，身下的土地也很快變成了泥漿。啊嗚難受極了，但牠對老天能怎麼樣呢？只好可憐巴巴地忍著傷痛，忍著雨打，臥在泥水裡。

從小到大，啊嗚經過無數次雷雨，但從來沒像現在這樣孤單，這樣可憐，這樣悲慘。牠不禁懷念起馬戲團，懷念起人……

黎明時，天晴了。整個森林上空重又灑滿陽光，變得暖和起來。森林裡也變得明亮了，遠遠近近，空氣潮濕而又潔淨。亮晶晶的水滴從上層枝葉滴到下層枝葉，又從下層枝葉滴到樹根旁的土地上，發出「嘀嗒」、「嘀嗒」的響聲。

森林裡，整個早晨都響著這種生機盎然的滴水聲。啊嗚的心情並沒有因此好起來，牠一夜未眠，直到現在。牠虛弱的神經禁不起一顆顆涼冰冰的水滴。

中午，天更熱了。森林裡恢復了以往的熱鬧。然而，在森林邊緣的一株大松樹下，啊嗚正發著高燒，昏昏沉沉，一動也不能動。

3

當啊嗚再一次睜開眼睛，已是第二天傍晚了。

「啊嘿，快來呀，老虎睜開眼了！」

人？怎麼像人在說話……人！啊嗚急忙要站起來，卻不能動。牠被縛在一塊床板上，四肢綁得結結實實，脊背上還綁上了兩根直溜溜的木棍。其實，此刻的啊嗚頭暈目眩，渾身疼痛，就是不綁牠，牠也未必能站起。

啊嗚呼哧呼哧地喘著粗氣，又驚又惱地看著喊叫的那個人。那人穿著草綠色的上衣，戴一頂大檐帽，帽檐上方別著一顆繪有房子的金色圓牌。大檐帽衝啊嗚笑笑，站了起來。他手裡拿著一支亮晶晶的金屬注射器。

啊嗚見過這種注視器，在馬戲團裡，哪隻野獸有了病，就得挨這傢伙一下子。

那人身後是一堵雪白的牆，牆上面是天花板。這是一間空房子。啊嗚心裡很納悶，牠不是躺在一棵大松樹下嗎？怎麼到了這間屋子裡？

門口一暗，又進來幾個人。啊嗚害怕了，再一次扭動起來，但這使牠眼前發黑，身上疼痛加劇。

進來的幾個人同給牠打針的那個人穿戴一樣，不過，他們身上散發的不是碘酒味兒，而是馬臊氣。而且，有一個還背著一隻鐵管子——會發火的鐵管子。

八、生死之間

打頭的那個人面孔黑黝黝的，腮幫上有一團硬硬的黑鬍渣子。他蹲下來拍拍啊嗚的大腦袋，接著便順著毛撫摸起來，一邊撫摸一邊說：

「別動，別動，一動就會疼的。」

啊嗚驚恐異常，扭頭想咬大鬍子，脖頸被木棍夾著，扭不過去，只好齜齜牙，從鼻孔裡發出憤怒的嗚嗚聲。

「哼，你還兇！要不是咱連長讓把你抬來，沒準兒你早被狼呀豹的糟蹋了。」背鐵管子的那個人嚷嚷。他就站在大鬍子旁邊。

啊嗚不知道，這是個邊防站。昨天下午，幾個邊防戰士進林子採蘑菇，發現了昏迷不醒的啊嗚。老虎是國家級的保護動物，連長怕牠遭到不測，急忙派人把牠抬回來搶救。

門口和後面的窗戶邊，又圍上來許多人。

「醫護員，怎麼樣，老虎有救吧？」

「連長，你總說要虎虎有生氣，這是給咱們請來了個教師？」

「這傢伙怎麼傷的呢？跟誰打架了？」

「連長，咱們的馬不敢從這兒過了，怎麼拉也不走。」

戰士們擠著嚷著，喧嘩不絕。啊嗚恨不得大吼一聲，一下子從這間屋子裡衝出去，逃進山林。牠害怕，同時也心煩。但牠動不了，只能費力地咧開嘴，皺起鼻子，發出低沉的嗚嗚聲。

連長站了起來，揮了揮手：

「瞧，瞧，這可是個重病號……今後，除了醫護員，大家沒事不要到這屋來。牽馬的，繞著走——咱這馬全是膽小鬼。」

戰士們散了，大鬍子連長和醫護員也走了，屋裡靜悄悄的。啊嗚看看綁著前腿的繩子，歪歪腦袋想咬斷牠，但是不行，搆不著。啊嗚疲勞得很，勉強支持了一會兒，又閉上眼睛睡著了。

那個大鬍子連長很喜歡啊嗚，他不讓別人打擾啊嗚，自己卻常常偷偷跑來看。有時是隔著窗戶，有時是幫醫護員打針，有時是給啊嗚送食物。一開始，他一來，啊嗚就豎起身上的毛，齜出牙，嗚嗚地吼。後來，漸漸習慣了，哪一天他沒露面，啊嗚便覺得少了點兒什麼。

啊嗚自己能吃一點兒容易消化的食物了。這一天，大鬍子連長幫助醫護員從啊嗚身上拔下針頭，然後蹲在啊嗚身旁，拍了拍啊嗚的腦袋：

「怎麼樣，伙計，好受點兒了嗎……怎麼搞的，被誰弄得傷成這樣子？大家都想知道呢。唉，你是獸中之王，可不能就這樣下去呀。」

連長一邊說，一邊搖頭。

八、生死之間

啊嗚聽不懂連長的話，當然也不會回答連長。牠不願被人家拍腦袋，但這次，牠只是眨了眨眼，沒有再齜牙。

啊嗚吃得很好，不是雞蛋，就是奶粉、麥精。牠已經很長時間沒吃人餵的食物了，也不再習慣在人面前吃東西。當一個戰士端來一臉盆奶粉沖成的牛奶時，牠猶豫了一會兒。但牠實在是太餓了，急需補充大量的營養。奶的香氣一陣陣衝擊著牠的鼻孔，片刻之後，牠再也顧不得其他，埋頭用舌頭捲著大喝起來。

頃刻間，臉盆便被舔了個精光，比刷一遍還乾淨。

有第一頓就有第二頓，漸漸地，啊嗚強壯起來。

九、趕狼

1

野獸的生命力很強。啊嗚恢復得很快，吃得越來越多了。邊防站沒有啊嗚的「戶口」，因此，也就沒有啊嗚的「口糧」。啊嗚吃的雞蛋、奶粉等食物，完全是戰士們從自己的那一份中擠出來的。啊嗚胖了，戰士們瘦了。三十幾個人靠擠口糧養老虎是養不起的，爲讓啊嗚更快地恢復健康，大鬍子連長帶人進林子打了兩次獵。一次打到一隻野豬，一次打到一隻馬鹿。但邊防站有邊防站的任務，老這樣爲一隻虎打獵怎麼能行呢？

當醫護員認爲老虎的身體大致好了，可以「出院」了的時候，大鬍子連長決定：放虎歸山。也許，讓老虎在山林裡活動活動，比終日捆著，對牠的身體更有利。

可是，誰來解開綁縛老虎的繩子呢？常言說，捉虎容易，放虎難呀。

大鬍子連長不怕。他認爲，野獸也有感情，戰士們爲虎治傷，虎不會恩將仇報的。再說，啊嗚身體還弱，有幾個小夥子幫著，怎麼也治得了牠。

捆著啊嗚的門板抬到了江邊，這兒離森林不遠了。大鬍子連長讓一個戰士解開啊嗚後半身的繩子，他解前面的。許多戰士跟了來，站在連長身後，有幾個還提著槍。

許多戰士跟了來，站在連長身後，有幾個還得著槍。大鬍子讓他們站遠一點，他怕驚嚇了老虎。

一個戰士在啊嗚嘴前扔下幾塊肉，啊嗚慢慢吃起來。

繩子一條條鬆開了，大鬍子正要解開啊嗚前腿上的繩子，啊嗚忽然探出腦袋，在他手背上舔了一下。一個戰士忍不住驚叫一聲，另一個戰士嘩啦舉起了槍。他們知道，老虎就是不咬連長，這一下也會把他舔個皮開肉綻。老虎舌頭上長著肉刺，牠舌頭一捲，就能把動物皮舔破，把骨頭上的肉剔下來。

連長也吃了一驚，稍稍哆嗦了一下。但他隨後覺得手背上有些涼爽，卻不痛。果然，當老虎舌頭舔過去時，他看到手背濕了，但並沒破。

連長抬手拍拍老虎腦門，加快了解繩速度。戰士們你看看我，我看看你，全都哈哈笑了。

繩子解開了，啊嗚動了動，沒站起來。牠嘴邊還有一塊肉，牠得把這塊肉吃完。周圍平靜得很，戰士們不像剛才那樣緊張了，他們有的抱著肩膀，有的背著手。彷彿眼前不是一隻龐大兇猛的老虎，而是一隻自己養大的狗。

啊嗚吃完肉，瞇眼看了看太陽，天氣真好，牠從此又可以在山林裡自由馳騁了。可牠覺得很睏，還想睡一覺。於是，舔舔嘴唇，瞇上了眼睛。

大鬍子連長在牠脖子後拍了一巴掌：

「走吧，小夥子，轉轉去吧。大森林多寬闊，不要戀著這塊門板。」

戰士們又笑了。

啊嗚搖搖頭，緩緩站起來，接著便伸出前腿，弓起腰，打了個哈欠。脊背一點兒也不痛了。牠扭回頭，看看旁邊的人們，抬腿走下門板，一搖一擺地向大森林走去。牠走得不慌不忙，但很堅定。牠熟悉這條路，沒有再回頭。

2

啊嗚在森林中仔細搜索。

這兒的樹木比較稀疏，草和灌木長得很高。啊嗚在灌草叢裡走動，如果不是不時昂起腦袋，在空氣中皺著鼻子嗅一嗅，誰也看不到牠。

九、趕狼

這片高高的灌草叢裡藏著幾隻青羊。

青羊是野生羊類中的一種，模樣和大小都像山羊，下巴頦上卻沒有山羊那綹鬍子。並且，不論公母，一律都頂著一對烏黑發亮、又短又直的小角。

啊嗚是在下面的密林中發現牠們的。

離開邊防站，啊嗚又必須自己覓食了。不過牠不怕，牠已學會了打獵，而現在肚子裡也還有些「油水」。

昨天傍晚，牠看到幾隻青羊在密林中舔吃地上的苔蘚，便悄悄跟蹤了下來。牠知道，捕捉青羊必須耐心，這種動物跑得很快，爬山的本領極強，只能在牠們疏忽的時候突然一擊，才能捉到。

可是，今天早晨，牠們不知怎麼看到了啊嗚，鑽進這片稀樹林間的草叢，隱藏起來了。

啊嗚小心地撥開密密的草葉，皺著鼻子仔細尋找。灌草叢間瀰漫著一股濃烈的腐草氣息，把羊臊味兒遮掩了起來。不時有幾隻螞蚱撲啦啦飛起，牽動著啊嗚視線。啊嗚閉著嘴，縮起爪，一點兒一點兒地前進，盡量不使草葉灌木發出一點兒響動。

稀樹灌草叢間寂靜得很，能清楚地聽到山下密林中黃鸝清脆的鳴叫。

突然，「嘩啦啦」，前邊幾步遠的地方躥起幾條棕灰色的身影，啊嗚嚇了一跳，待牠弄清楚那就是青羊，青羊已跑出了二三十米。啊嗚很慚愧，青羊就伏在前面不遠的草叢裡，連一撲的距離也不到，牠竟沒看見牠們。

一共是五隻青羊，三隻大的，兩隻小的。牠們驚慌地跑了一陣，腳步慢下來，摘吃起路旁的灌木嫩枝。

吃著吃著，不知爲什麼又跑起來。啊嗚跟著牠們的腳印，曲曲折折，一直爬向高高的山頂。累了，臥了歇息片刻。然後，爬起來繼續追蹤。

樹越來越稀，越來越矮，灌木和草叢卻越來越密，越來越多。

第二天上午，啊嗚追到了一座峭崖下。在這兒，青羊們似乎膽大了，腳印不再是一隻緊跟一隻。幾隻小的不時遠遠跑到一邊，然後又繞回來。矮樹根部，還留下了青羊蹭癢的痕跡。

穿過一片荊棘叢，啊嗚站住了，耳朵不安地轉動起來。空氣中有一縷淡淡的血腥味兒。牠抽抽鼻子，不錯，好像是前面發生了謀殺。牠吼了一聲，吼聲在山谷裡回響。沒等回聲靜下來，便腰一弓，躥向前去。

拐過一個彎，一蓬酸棗棵下，露出一個土洞，土洞周圍到處是黑棗兒似的羊糞。啊嗚在洞口又吼了一聲，洞裡寂然無聲，沒有什麼反應，牠鑽了進去。

洞裡一片血肉狼藉，三隻大青羊橫躺豎臥，脖子胸脯還在咕嘟咕嘟冒血。兩隻小青羊蹤影全無，不知到哪兒去了。洞不大，啊嗚在洞裡轉不過身，只能倒退著，把三隻大青羊一隻隻拖了出來。

誰？這是誰幹的？啊嗚張開血糊糊的大嘴，目光炯炯地掃視著土洞周圍。

牠明白了，這洞是青羊經常棲息的地方，有什麼東西趁牠們疲憊，把牠們堵在家裡，一隻隻咬死了——小青羊也不會逃脫，很可能是被兇手拖走了。

啊嗚很憤怒，兇手這樣殘忍，簡直是嗜殺成性！老虎獅子也吃肉殺生，但只要夠吃就算了，絕不把獵物趕盡殺絕。這兇手怎麼如此毒辣呢？

啊嗚吃了一隻青羊之後，在周圍轉了轉。牠看到，一塊青石上印著幾個血腳印，這是狼的！

好啊，又是這幫灰傢伙！啊嗚更憤怒了。

3

啊嗚在土洞周圍盤桓了三天，直到把三隻青羊都吃光了才離去。

牠是沿著狼的腳印走的。

牠恨狼，覺得狼對牠威脅很大。這威脅不僅僅表現在狼貪婪、嗜殺，會搶奪牠的食物；並且，狼陰險、殘忍，在可能的時候，還會危及牠的生命。上次與野豬搏鬥後的情景牠記憶猶新，牠要在這片原始森林中生活下去，就必須把狼這個屠夫趕走。

牠沒有找到狼。時間久了，狼的足跡和氣味在通過一片開闊地時消失了。

啊嗚只得作罷。

狼很猖狂，這片原始森林中到處都有牠們灰色的身影。不久，啊嗚又看見了兩隻狼。

這是一個有月亮的夜晚。

白天，啊嗚伏擊一隻狍子，沒有睡覺，月上東山的時候，牠喝足山泉水，覺得很睏，便鑽進一片草叢，打起了盹兒。

蒿草有一股強烈的藥味，蚊子很少到這兒騷擾。這是牠挨過多少被咬的日日夜夜，好不容易發現的。

月亮很大，月華似水。涼爽的夜風從樹林間吹來，蒿草擺動著，撫摸著啊嗚的脊背，這使牠感到很舒適。

「嗚嗷——」山間響起了一片長長的嚎叫。這叫聲陰森淒厲，讓人聽了毛骨悚然。

山林裡更寂靜了。

「嗚嗷——」又響起了一聲，像是在和前面的聲音應和。

啊嗚的尾巴尖輕輕搖了搖，沒有睜眼。牠實在太睏了。但山間的嚎叫這樣開了頭，似乎非要盡興不可，一聲一聲，此起彼伏，越來越熱鬧。

啊嗚睡不成了，勃然大怒，一骨碌爬了起來。牠不知道這倆傢伙有什麼可得意的，又爲什麼這樣旁若無人，牠要教訓牠們。

啊嗚迅速循著叫聲跑去。

翻過山梁，樹木更稀了。似水的月光下，兩團黑影正蹲在一棵大樹旁，仰頭對著月亮發出難聽的嚎叫聲。

狼？

啊嗚的眼睛睜大了。嗅一嗅，果然是那股熟悉的臭味。啊嗚齜出牙，伏下身，借著樹和草叢的掩護，悄沒聲兒地靠近。

兩隻狼沒有感到危險，還在高聲嚎叫。牠們在這片大山林裡橫行慣了，還從來沒有吃過什麼虧。白天，牠們截殺了一頭母鹿，把牠的肉吃得一絲不剩；現在，夜景這樣美好，牠們禁不住喜悅，要借助嚎叫來消化消化食物。

「嗷嗚——」

「嗚嗷——」

叫聲連連不斷，遮掩了草叢發出的窸窸窣窣聲。

第一隻狼又叫了，第二隻狼剛咧開嘴，啊嗚已像閃電一樣凌空撲下。第一隻狼被撲倒了，第二隻狼嚇得咽下叫聲，翻了個跟頭。

當牠屁滾尿流地爬起時，牠發現，月光下，自己的同伴被一隻老虎按在地上，正抬頭掙扎著和老虎廝咬。

老虎很兇，四肢粗壯，額頭上「王」字清晰可見。牠夾緊了尾巴，想跑，但見第一隻狼處境十分危險，也許是兔死狐悲吧，便又壯起膽子，向老虎衝去。

搏鬥開始了。

第一隻狼的脖頸被咬了一口，啊嗚正準備劃開牠的肚子，第二隻狼瘋狂地撲到了。這兩隻狼個頭都不小，啊嗚不得不跳到一旁。

第一隻狼一骨碌爬起來，見第二隻狼正圍著老虎周旋，也撲了上去。牠受傷很重，知道自己活不了了，更豁了出去。這反過來又激勵了第二隻狼的野性，牠也越來越勇敢。

啊嗚暗暗吃驚，想不到狼竟這樣團結。而且兩隻狼前後夾攻，又配合得那樣有默契。牠一面瞻前顧後，東躲西閃，一面尋找空子，予以反擊。

第一隻狼脖頸受了傷，劇烈地蹦跳顛簸，常使牠疼痛難忍。啊嗚終於有了機會，就在那狼撲到眼前又有些遲疑的時候，牠舉起前爪在狼脖子上狠擊一掌。

叭！狼頸椎骨斷了，哼了一聲便轟然倒地。

啊嗚沒有停留，飛速旋過身，又舉爪向趁虛襲來的第二隻狼擊去。狼跳開了，但肋上已被虎爪抓得鮮血淋漓。

九、趕狼

第二隻狼被虎威嚇破了膽，嗚嗚叫著，不敢靠近了。啊嗚不再管牠，扳過第一隻狼，那狼已氣絕身亡。

啊嗚有些餓，劃開狼肚子，大吃起來。

第二隻狼遠遠站著，淒涼地看著同伴的屍體。站了一刻，夾著尾巴跑走了。

狼群從此知道了誰是山林的真正統治者。

月兒圓圓，向群山灑下明媚的光輝。

在這個夏天，啊嗚看見狼就打。夏末的時候，原始森林裡再也聽不見狼叫，看不見狼蹤了。

十、又一次挑戰

1

夏去秋來，幾場細雨之後，天氣漸漸涼了。

楊樹、白樺等闊葉樹的葉子變得僵硬起來，森林中，不時有一些透出黃色的老葉飄落。雲杉、赤松等針葉樹的樹冠雖然還是墨綠墨綠的，卻也減了幾分光澤，顯得蒼老了。灌木和小草根子淺，秋意剛露，便急急地打了籽兒，呈現出一副枯黃的面容，在秋風中蕭瑟。

隨著森林草木的變化，動物們到山麓山谷中活動的越來越多。大尾巴松鼠原來就不怕炎熱，此時更活躍了。牠們把蘑菇採下來，一串串掛在樹枝上；把榛子、松子兒收集到一起，埋在只有牠們自己才知道的地方。

鳥兒們也很忙碌，當年出生的小鳥在父母帶領下，除了覓食，便是不知道疲倦地練飛。每天天剛放亮，森林裡便能聽到「啪啪」的拍動翅膀聲，牠們害怕在不久的大遷徙中掉隊。

狍子、野羊、鹿、野豬等動物的胃口也變得特別好。牠們搖著尾巴，溜躂溜躂，四處尋覓青草綠葉、草籽兒漿果。只要周圍沒有可疑的影子，牠們便抓緊時間，大吃大嚼。很快，牠們一個個肥胖起來，毛也變得油亮鮮明。

啊嗚也隱隱感到了一種威脅。不知爲什麼，隨著秋風陣陣吹進大山，森林裡的氣氛好像也在日漸緊張。

牠還沒有窩，也不準備找窩，老虎家族的傳統就是一年四季到處漂泊。牠也加緊了覓食。牠覺得，只有這樣才能應付快要到來的威脅。於是，原始山林裡，便常常響起低沉粗壯、好似氣流吹進大鋼管似的嘯吼。

啊嗚仍然不胖，個子比剛逃出馬戲團時大了點兒，模樣也變得更飄悍更兇猛。牠不再是那隻幼稚好奇、不會捕食、常常餓得頭暈眼花的老虎，牠已完全適應了山林裡嚴酷的生活。

不過，強中更有強中手。牠雖不懂這樣的道理，但牠預感到，還必須再經受更爲嚴峻的挑戰，才能真正成爲山林中的強者。儘管牠並不想稱王稱霸。

終於，有一天，這個挑戰降臨了。

2

在這片森林裡，還有一種兇猛的動物——棕熊。

棕熊的個子比獵人們稱爲森林之王的狗熊大得多。毛色棕褐，胸脯上沒有狗熊那樣的月牙形白斑。牠身材勻稱，體形魁梧，腦袋也大，相貌堂堂，不像狗熊那樣小頭小腦，一臉滑稽相。而且，這傢伙比狗熊厲害，不僅身大力強，而且腿粗爪長，犬牙鋒利，吼一聲地動山搖，常把狗熊嚇得望風而逃。

棕熊，也叫馬熊、人熊，古書上稱之爲羆。牠，才是山林中真正的一霸。

啊嗚早就見過這種熊。那是啊嗚還不會打獵，對森林中的一切還感到好奇和神秘的時候。

有一次，啊嗚在一株粗大的倒木旁臥著，這兒比較乾燥，也比較涼爽。倒木很粗，樹心朽了，有許多大螞蟻在樹洞中爬進爬出。隔著倒木，有一個一米多高的小土包，像座墳墓。但比墳墓細瘦一些，並且上面佈滿了火柴梗般粗細的小洞。那是螞蟻窩。

啊嗚剛喝過水，肚子沉甸甸的，很不舒服。牠閉著眼，默默地臥在倒木旁養神。猛一看，好像是倒木旁的另一截小倒木。忽然，牠的耳朵豎起來，並且搖了幾搖。牠

聽到一種沉重的抽鼻子聲，牠沒有動，牠那時還不知道害怕。

棕熊來了，遠遠一看，像座移動的小山。牠滿臉鬍子，長著鐵鉤似的利爪和強健的肌肉。

牠一邊走，一邊呼呼地抽鼻子。

牠嗅到了虎臊味兒，但沒有停下來，牠什麼也不怕。牠晃晃悠悠走到螞蟻窩旁，啪嗒啪嗒地轉了兩圈兒，把螞蟻窩上上下下嗅了個遍，兇狠的眼光漸漸柔和起來。

棕熊伸出舌頭，舔了舔鼻孔，「轟——」一掌拍塌了螞蟻窩。

這一下，天塌了，地陷了，千千萬萬的螞蟻從廢墟中爬出來，亂跑亂撞，四散逃命。

棕熊急忙伏下大腦袋，在土堆中拱來拱去，大口大口舔食起來。舔著舔著，又一屁股坐下，用爪子刨起土堆。牠不嫌吃得不過癮。……忽然，棕熊停住爪子，小眼睛射出了兇殘的光。牠看到了倒木後臥著的啊嗚。

啊嗚正看得津津有味。牠還沒見過這麼大的野獸，更沒看見過誰吃螞蟻。當牠的眼光和棕熊碰到一起，不由得吸了一口冷氣。牠豎起身上的毛，一骨碌爬了起來。

來山林中以後，還沒有誰這樣看過牠——那眼光，像要把牠一口吞下去。

棕熊沒有馬上向啊嗚撲過來，甚至，連動也沒動，只是從鼻子中甩出了一連串低沉的吼聲。這吼聲彷彿來自棕熊深深的腹腔，比啊嗚吼出的最低音還要低幾度。

什麼意思？啊嗚馬上明白了。牠知道，這是要牠立刻滾蛋。

啊嗚有些害怕，同時也覺得新鮮。老虎的自尊使牠沒有馬上邁開腿，牠想看看這隻熊還能幹些什麼。於是，搖了搖尾巴。

棕熊惱怒地跳起來，身影似乎把天遮去了一半。跳到倒木前，棕熊舉起厚厚的前掌，「轟──」倒木碎了，變成了一片碎屑和煙塵。

啊嗚大吃一驚，沒等棕熊拍第二掌，牠飛也似的轉身逃走。跑出很遠很遠，回頭看看，棕熊還一動不動地站在倒木旁，直勾勾地看著牠。

想不到，現在，啊嗚卻又和這個力大無比的傢伙相遇了。

3

天有些冷，樹林中不時有樹葉飄落。啊嗚神色憂鬱，懶懶地走在樹木灌叢間。往常，每到太陽升起的時候，牠就要找地方休息了。牠已經習慣了夜間打獵。牠發現，山林裡的作息時間跟馬戲團不一樣，許多動物都是夜間出來活動。而且，晚上出來捕獵，蒼蠅和牛虻都不見了，可以免受被叮咬之苦。但是，這一夜，牠沒有什麼收穫。

翻上一座山崗，啊嗚聽到一陣咆哮，站住了。

當牠辨別出是棕熊在山崗下密林邊緣吼叫時，牠又低頭走起來。大自然中有這樣的法

則，當你力量比另一隻動物小時，你最好是避開。

但是，啊嗚走出不遠又折回來了。棕熊一陣陣的咆哮吸引著牠。牠想偷偷去看看，那傢伙到底在跟誰發怒，爲什麼發怒。

在密林邊緣，啊嗚看到了棕熊。這傢伙正低頭撕一隻柳條編的籃子。旁邊，一堆雪白的蘑菇撒在草上。再遠一點兒，是一隻撕爛了的鞋。棕熊一隻腳踩在扁籃子上，另一隻腳使勁扯下一把把柳條，嘴裡還在發狠似的吼叫。

「人？」啊嗚疑惑地看了看周圍，周圍靜悄悄，連個人影也沒有。但這確實是人的鞋和籃子，牠認得這些用具。

牠在灌木叢後悄悄邁開步，打算找找人的蹤跡。

這時候，灌木叢中竄出一隻老鼠，嚇了啊嗚一跳。於是，灌木枝條折了一根，嘩啦發出一聲脆響。

棕熊被驚動了，先是抬頭狐疑地向這邊看了看，待到四目相對，牠變得狂怒了，拋掉籃子，「嗚噢」大叫一聲，縱身撲了過來。啊嗚扭身跳到一旁，溜了。牠本來就不想和棕熊較量，只是來看看。

啊嗚跑了一陣，仔細一聽，身後傳來一陣呼哧呼哧的聲音。牠有些火，棕熊竟然追上來了。啊嗚跑上山崗，扭頭看看，棕熊還在追，碰得山坡上的草叢灌木噼哩啪啦響。

牠勃然大怒，老虎強烈的自尊心使牠決心和山霸王決一雌雄。牠向前猛跑一陣，又掉轉頭，躥上了一個小山崗。這時候，棕熊剛剛從山崗上走過。

啊嗚迂迴到棕熊後面，看著棕熊龐大肥壯的身軀，忽然覺得這是塊好肉。一夜沒捕到獵物的懊喪，一下子換成了渴望廝殺的激情。當牠追上棕熊的時候，便毫不猶豫地嗖地撲了上去。

棕熊一點兒防備都沒有，啊嗚的犬齒插進牠的後脖頸。劇烈的疼痛使這頭巨獸怒氣填胸，當老虎的利爪在牠肋骨上亂抓亂撓時，牠大吼一聲，一甩脖子，把啊嗚甩了出去。

啊嗚「吧唧」摔在地上，但牠一骨碌又站了起來。棕熊也站起來了，啊嗚看到棕熊脖頸和胸脯上淌出的鮮血，膽子大起來，沒有喘息，又縱身撲向棕熊——牠沒想到，剛才的一撲，竟然有如此收穫。

棕熊被撲倒了，被咬傷了。牠信心更強了。

啊嗚的攻擊像閃電一樣，又快又準，總是瞄準咽喉；棕熊又撲通摔倒了，牠力大無比，卻有些笨拙。

這一回合，棕熊脖子又被撕下一塊肉，啊嗚卻毫毛未損。

棕熊氣得肺都要炸開，小眼睛紅得像噴火。當牠再一次爬起來的時候，牠像人似的立了起來，這使牠更顯得特別高大。牠揮舞著前掌，撲上來攻擊略略有些驚訝的啊嗚。

十、又一次挑戰

啊嗚倏地跳開了。兩隻獸周旋起來。

棕熊在灌木草叢間狂怒地追逐啊嗚，總是想一掌把啊嗚的頭蓋骨擊碎，或者把肋骨拍折。早晨，牠已生了一肚子氣。牠看到兩個邊防戰士在採蘑菇，便撲了上去。沒想到，那兩個人逃跑了。現在，又受到老虎的傷害，牠把這口氣全出在啊嗚身上。

啊嗚並不害怕，一面靈活地躲閃棕熊沉重的掌擊，一面不失時機地撕咬棕熊一口。能和山霸王交手，這使牠很興奮。而兩次把棕熊撲倒，也使牠看到了自己的力量。

幾個回合後，棕熊胸前背後的長毛被血浸濕了一大片，啊嗚身上也有了幾處傷，但是雙方的傷口都不致命。灌木和草叢被踩倒了一大片，駭人的吼聲嚇得周圍的鳥獸跑得精光。漸漸地，雙方的氣兒越出越粗，身上也開始冒出騰騰熱氣。

啊嗚覺得有些累，想休息休息，趁棕熊又撲了個空，「呃」的一聲張嘴咬向棕熊。棕熊急忙向下撲打，但牠站不穩了，一頭撞在一棵小白樺樹上。小白樺「喀嚓」響了一聲，折了。當棕熊重新站起來的時候，啊嗚消失了。

棕熊人似的立著，轉著圈兒到處找啊嗚。當牠意識到老虎溜走了的時候，頓時火冒三丈。牠撲向那棵倒楣的小白樺樹，一彎腰，一下子把小樹連根拔了起來。接著，又氣咻咻地撥草咬灌木，把有老虎氣味的土和石頭，刨得滿天飛揚……

這個時候，啊嗚正遠遠地臥在一叢灌木後。待到呼吸緩下來，牠開始舔自己的傷口。

那都是棕熊爪子抓的和灌木扎的，不嚴重。牠只是想暫時歇一會兒，狂熱的戰鬥激情並沒有平息。

遠處傳來陣陣熊吼。過了一刻，又傳來嘩嘩啦啦碰撞灌木枝的聲音。啊嗚站起來，悄悄躲開了。

棕熊循著腳印追過來，呼哧呼哧地喘著氣。牠是累的，也是氣的。牠從來沒吃過這麼大的虧。牠追到啊嗚臥過的地方，不禁有些疑惑：這個時候，老虎怎麼還會休息？這簡直是對自己的蔑視、侮辱！

牠發瘋似的把灌木一叢叢拔起，這使牠身上冒出的熱氣越來越多，就像有誰在牠身上潑了一桶熱水……牠累壞了，終於嗚嗚噢噢地哼著，臥下來。牠也想像老虎一樣喘口氣，歇一歇，但牠絕不會和老虎善罷甘休。

啊嗚一直躲在旁邊觀察，見棕熊臥下來，不禁大喜。牠「呼」地一下跳出去，一口咬向棕熊的後脖頸。這一次，牠咬得很準，長長的四枚犬牙一下鉗在棕熊的頸椎骨上。

棕熊怒吼一聲，想站起來，腿有些軟，只好半蹲半坐，拚命甩腦袋，但這卻使牠頸椎骨被夾得疼痛難忍。牠頭爪不敢動了，只好打滾，想依靠體重壓垮老虎。啊嗚的確不敢讓牠壓在身下，這才撒嘴跳了起來。

棕熊頸椎骨受了傷，這使牠全身麻酥酥、軟綿綿的，彷彿觸了電。牠不敢再鬥，搖搖

十、又一次挑戰

晃晃地站起來，看看不遠處有一株大樹，急忙倒退著蹭到樹邊，「嗖」地爬了上去。

啊嗚縱身一撲，一爪扒在熊肩上，棕熊「砰」地摔倒在地面上。

棕熊趔趔趄趄地爬起來，又抱住了大樹。啊嗚明白了，棕熊要逃，這使牠高興萬分。牠在熊上拍了一掌，趁熊迷迷怔怔時，又一口咬向熊咽喉，然後發力一撕……熊的喉管斷了，鮮血像噴泉似的噴射出來。

啊嗚跳開了，心裡一陣狂喜。山霸王要完蛋了，事情已經了結，用不著再費力氣了。

果然，棕熊掙扎著爬起來，四肢抱住樹幹，卻只是上下滑動，身體未離地半分。冒著熱氣的血順著樹幹流下來，樹下被染紅一大片。

過了片刻，棕熊前肢一鬆，「轟」！小山似的身軀癱倒在地上。腿蹬了蹬，不動了。

山林霸王敗在了啊嗚手下！

十一、人啊，人

1

啊嗚戰勝了棕熊之後，使牠在森林中再無所懼，真正成了獸中之王。

那隻足有半噸重的棕熊，牠足足吃了半個月。牠長胖了，身上的毛變得蓬鬆而光亮。當牠臥在灌木叢中休息的時候，感到心滿意足，並且對生活充滿信心，覺得自己從來沒像現在這樣自由，像現在這樣強有力。

牠想到了鐵籠子，想到了電鞭子。

那時候，天地是那樣狹小，而那根小小的鞭子也可以迫使牠做這做那。現在呢，牠只要願意，就可以站起來，隨便向哪個方向信步而去。也可以停下來，站在山岡上，久久目送藍天上南飛的雁陣，寄託自己的遐思默想，還可以迎風而立，抽動鼻子，嗅嗅空氣中的各種氣味，然後選中一種牠所需要的氣味，朝著它風一般地縱跳急馳……高興了的時候，或者被山林中鳥獸們的叫聲攪得煩躁了的時候，牠可以大吼一聲。

這一聲虎吼由林濤伴奏，威風凜凜，雄震八方，一下子就可以使森林安靜下來。

啊，自由，真是太偉大了！它像是太陽，像是溫暖的和風，像是星光燦燦、浩渺無邊的星空！啊嗚用不著害怕誰，也不用去做牠不願做的任何事情！

於是，啊嗚又想到了人，牠想到了梳辮子的那個女馴獸師，想到了守夜員，想到了大鬍子連長……牠想得是那樣強烈，簡直一刻也不能在此停留。

吃光棕熊，牠一骨碌爬起來，到邊防軍營地去了。

十一、人啊，人

2

這是一個中午。

北方的秋天天高氣爽，陽光透過已經稀疏的枝葉灑落下來，照得山林裡亮堂堂、暖融融的。微帶涼意的風吹過灌叢草地，繞過一棵棵樹幹，散播著乾草。秋菊花和一些不知名的野果的香氣；山雀兒在眼前飛來飛去，嘰嘰喳喳地啄食還活躍著的昆蟲，似乎對大自然在一年中最後的饋贈十分滿意。

啊嗚心情很愉快，微瞇著眼睛穿行在挺直的樹幹和斜織的光柱中。樹上偶爾掉落的樹葉已不再引起牠的注意。牠對這種現象已經習慣了。只有松鼠不小心拋在牠頭上的果殼，或者撲稜稜在眼前飛起的山雞，才能使牠停下步來。但這只有一瞬，並且，牠也不生氣。

穿過一片灌叢，走下山谷，樹林裡的光線變弱了。這兒是一片以松樹和杉樹為主的針葉林。啊嗚跳過一塊巨石，驚跑了一隻狐狸。

正當牠欣賞那拖著蓬鬆尾巴的美麗身影，箭一般地消失在陰暗的樹影後的時候，牠隱隱聽到了對話。

「人？」啊嗚站住了，悄悄地轉動起耳輪。沒想到，還沒走到邊防站，就遇到了人。說話聲越來越近，啊嗚悄悄躲到了灌叢後。

兩個人從光線暗淡的樹林深處轉出來，拄著榛柴棍，一邊走，一邊低頭在厚厚的腐葉上尋找什麼。

「去年我就在那兒找到了一棵四品葉。」一個戴頂綠帽子的人，舉棍指指啊嗚藏身的地方。

「敢情棒槌都讓你小子挖光了……找了這麼半天，連個人參苗也沒有見到。」另一個人說。他沒戴帽子，手裡提著一把刀，說話惡聲惡氣。

這是兩個挖參人。棒槌就是人參，四品葉就是長了四張葉子的人參，這是挖參人的行話。每年秋天，人參結籽的時候，挖參人就進山了。

十一、人啊，人

「這麼大一片林子，哪憑我一個人就挖光了……這兩年大家發財發得眼都紅了，你不見，光咱村就多少人進了山？」

「唉，別叫護林人逮住就好。這可是政府劃定了的自然保護區。」

兩個挖參人邊說邊找，漸漸走近了啊嗚藏身的地方。

手裡提刀的那人濃眉大眼，連鬢鬍子，連風吹過來的氣味也像邊防站的那個連長。啊嗚激動起來。

牠想人。瞧，那人走到了牠的身邊。牠想起大鬍子連長給牠餵奶、拍牠腦門的情景，覺得這個大鬍子也一定會這樣。

戴綠帽子的人走到灌叢邊，他要把去年找到人參的地方再看看。

他撥撥灌叢，無意中向啊嗚藏身的地方瞥了一眼。這一下，他的臉色變了。

「老虎！」他驚叫一聲，扭頭便竄。

提刀的那個大鬍子沒聽清同伴喊什麼，見他魂飛魄散，也慌忙跑起來。但大鬍子不知該往哪跑，反而一下子竄進了灌叢。這一下他嚇傻了，差點兒撞到老虎身上！

這是一隻斑斕猛虎，個頭兒大得像小牛！

大鬍子的牙得得地敲打起來，啊嗚聽得清清楚楚。大鬍子的褲襠濕了，空氣中瀰漫起一股尿臊氣……往常，獵捕動物時也常常碰到這種情景。但是，人，這可是人啊。而且，啊嗚並沒有咆哮，沒有龇牙。

爲了讓挖參人放心，啊嗚搖了搖尾巴，誰知這一來，啊嗚倒楣了。挖參人手足無措，自衛的本能驅使他，揮刀向啊嗚砍去。

啊嗚大吃一驚，急忙閃了閃，刀子砍在脖子上。

事出意外，啊嗚慌了，不知怎麼辦才好。牠大吼一聲，「呼」地跳出灌叢，跑了。提刀的大鬍子再也支持不住，兩腿一軟，癱倒在地。

啊嗚的傷不重，脖子上的皮被砍破了，不過牠的心情一下子變得很壞。牠怎麼也想不到，挖參人會提刀傷害牠。牠惱怒地竄過灌叢，繞過大樹，風一般地在山林中飛竄。

邊防站，牠再也沒心思去了。

3

啊嗚是強大的，但牠畢竟只是獸中之王。在世界上，更強大的是人。

啊嗚懷念人，但牠不了解，人是一個很籠統的概念，並不是所有兩條腿走路、穿衣戴帽、能說人話的，都可稱爲人。有許多這樣的兩條腿動物，他們比狼還貪婪，比野豬還野蠻，比棕熊還愚蠢。

啊嗚傷心了，決心離人遠遠的。但是，人主動找牠來了。

十一、人啊，人

這是一群打獵人。

遇到啊嗚的那兩個挖參人跑出山林後，到處添油加醋地述說啊嗚如何如何厲害，如何如何龐大，這使原始森林周圍的一些人的眼睛瞪圓了。

老虎厲害，這很可怕。而這林子是自然保護區，偷獵林子裡的珍貴野獸也是要犯法的。但是，老虎那樣龐大，這又太誘人了。老虎一身都是寶，老虎肉是山珍，老虎骨頭可賣給藥舖做虎骨酒，老虎皮是裝飾品，剝下後提到市場上，一張怕不賣幾千元！挖參人提供的訊息太有價值了，太誘人了。要發橫財的人是不要命的，連人都敢殺，別說是隻獸了。於是，人們帶著乾糧，牽著獵狗，拿著獵槍，三三兩兩偷偷進山了。

啊嗚處在極大的危險中。

啊嗚不知道危險在悄悄逼近，刀傷養好以後，接連幾次狩獵都很順利，牠的心情又漸漸開朗起來。當然，有時候牠也想到人，這時候牠便有些困惑，有些鬱悶，但這個時候畢竟不多。就像這個秋天，隨著時間的流逝，陰雨天越來越少一樣。

天氣一天比一天冷了。

啊嗚臥在一片茅草叢中打盹。已開始西斜的太陽照著山巒、森林，也照著山林中間的這塊茅草地。早晨落在茅草葉子上的寒霜已經化了，乾了。枯黃的茅草葉子刷啦啦地響著，在西北風中搖擺。

啊嗚沒有感覺到冷，牠身上的絨毛已經長得很密實了，爲牠築起一道保溫的防線。另外，肚裡有食物也會增加抗禦寒冷的能力。牠旁邊倒伏的茅草下就掩蓋著半隻野豬，這是牠早晨吃剩下的……沒有誰教啊嗚，不知從什麼時候起，牠也學會把吃剩下的食物掩藏起來，免得被其他動物看到偷走。

忽然，一陣狗吠遠遠響起來。啊嗚的耳朵搖了搖，沒有動。到這片山林半年多了，還沒有誰打擾過牠的清靜。

又是一陣狗吠，並且，叫聲近多了。

啊嗚懶洋洋地站起來，搖搖尾巴，凝神諦聽了一會兒，漸漸聳起了脖子上的毛。牠聽出來，狗叫聲裡還混有人聲。牠注意地向聲音傳來的方向觀察，草木遮擋著，什麼也看不見。

啊嗚決定避開，牠叼著那隻野豬，悄悄向相反的方向走去。

啊嗚力量大得很，能拖動一頭牛，叼半隻野豬當然算不了什麼。可是，叼半隻野豬在草莽密林中走，磕磕碰碰，畢竟不俐落。漸漸地，狗叫聲越來越近。啊嗚身上熱氣騰騰，心裡一陣陣煩躁。牠明白了，狗和人在追蹤自己。

啊嗚如果這時躲起來，像對待追蹤的棕熊一樣，給追蹤者一個突然襲擊，也許還能擺脫厄運。可牠不想跟人打，牠心裡從來沒打過這樣的主意。

翻過一道山坡，啊嗚站住了，想喘口氣。這時候，牠的前面也響起了狗叫聲。形勢嚴重起來。啊嗚看看周圍，忍痛丟了野豬，扭身向旁邊逃去。

這時候，草叢中窸窸窣窣一陣響，跳出了一隻黃毛大獵狗。

大獵狗齜出牙，汪汪地衝啊嗚狂叫。啊嗚勃然大怒，猛一折身，舉掌向黃狗拍去。黃狗嚇得一縮頭，跳回草叢中去了。

啊嗚急惶惶扭轉身，剛跑出幾步，黃狗又跳出草叢，風一樣地跟了上來。啊嗚很氣惱，決心先收拾黃狗。急跑幾步，猛一剎車，獵狗沒料到這一著，一下子衝了過來。

啊嗚沒有回頭，大尾巴一掄，「撲」，獵狗慘叫一聲摔了出去。虎尾掃到了牠的腰上。啊嗚扭頭一個撲跳，只一掌，狗頭便耷拉下來。

糾纏不休的黃狗死了，啊嗚扭頭便走。

就在這時，一道氣流猛然從身後吹來，吹過頭頂，啊嗚還沒明白發生什麼事，一個灼熱的東西便嘶叫著擊打在牠的耳朵上。啊嗚頭懵懵的，什麼也聽不見，只覺得幾道黏糊糊的液體正順著毛淌下來，臉上似乎有些癢。牠一走神，一頭撞在一棵小樹上。

啊嗚不知道，牠的左耳輪被撕裂了。

「打中了，打中了！」

啊嗚滿頭血污，耳部針扎似的痛。

當牠隱隱約約聽到身後有人歡悅地高喊的時候，牠狂怒了。牠想不到，這人竟要打死牠！

牠大吼一聲，反身攻跳，在空中翻了個身，一下子跳到了那人面前——牠還從來沒有這樣跳過！

那人慌了，急忙舉起了槍。啊嗚閃開腦袋，一口咬在槍筒上，一面發狠地咬，一面本能地抬爪向那人腦袋抓去。那人一閃腦袋，虎爪抓在他的肩頭。他大叫一聲，撲通摔倒了，槍也便脫了手。

槍管被咬彎了。

啊嗚吐出槍，喘了口氣。身旁那位想打死牠的人，迷迷糊糊地呻吟起來。

聽到呻吟，啊嗚忽然有些膽怯。牠竟然把人抓傷了，這可是從來連想也不敢想的事。

啊嗚驚慌地抬起頭。

「砰」，又一聲可怕的槍聲在不遠處驟然響起。子彈尖叫著飛來，在牠身旁，一棵大樹的樹枝發出了喀嚓喀嚓的斷裂聲。

牠害怕了，頂著滿頭血污，一下跳進了茅草叢。

啊嗚身後，留下了一具狗屍，一條破槍，一個受了重傷的人。

十二、災難

1

自那次差點被打死的遭遇之後，啊嗚又遇了兩次險，但都逃脫了。

啊嗚被追逐弄得筋疲力盡，明顯消瘦了。更嚴重的是，牠的心理狀態失去平衡，整日煩躁鬱悶，幾乎要發瘋。牠不明白，爲什麼有的人對牠好，對牠愛護備至，有的人卻對牠壞，一心要殺死牠。牠有什麼地方傷害了他們，有什麼地方妨礙了他們？

啊嗚畢竟是隻獸類，只能用獸類的眼光看問題，用獸類的心想問題。對人的事，牠永遠弄不懂。於是，漸漸地，啊嗚變得兇猛了，對任何人也不信任了。

有一天，啊嗚走過一片灌木叢，先警惕地看了看周圍。牠看到有兩隻烏鴉在枝葉稀疏的樹梢上梳理羽毛，不時「呱」地叫一聲。

一隻金花鼠從灌木叢中鑽出來，看到啊嗚，停了停，接著拐彎跑了。灌木叢間，除了牠自己踩出的一條小道，什麼異常痕跡也沒有。啊嗚放下心來，這兒很平靜。

但是，當啊嗚就要走出這片灌木叢的時候，牠被套住了。

這是一隻鋼絲套子，鉛筆粗的鋼絲被草汁煮過，一頭拴在一棵大樹上，一頭挽個圈兒套在啊嗚脖子上。啊嗚不知道鋼絲圈原先藏在那兒，只聽到一陣金屬摩擦聲音，一跑，脖子便被勒住了。

啊嗚氣惱異常，大吼一聲，猛地跳起。鋼絲圈不客氣地拽，牠翻了個跟頭，重重地摔了下來。並且脖子被勒得火辣辣的痛，半天沒能透過一口氣。

啊嗚嘴裡吐出白沫，瞪著眼用爪子抓鋼絲，鋼絲沒有鬆動。牠又發狠地用嘴去咬，咬得咯嘣咯嘣響，鋼絲彎了，出現了牙印，卻仍然不斷。

啊嗚的肺都要氣炸了，發出地動山搖的吼聲，風一樣地圍著大樹轉圈兒。這一來，鋼絲纏在了樹上，牠的活動範圍更小了。

大樹瑟瑟地抖動，樹葉紛紛揚揚落下來。烏鴉飛走了，啊嗚氣昏了。

第二天上午，有兩個人聽到陣陣虎吼，跑了過來。

「嘿，還真讓那倆小子套住了。」一個端獵槍的說。

十二、災難

「媽的，見面分一半，不能讓那倆小子獨吞了。」另一個把槍背在背上。

但是，怎樣才能把老虎捉到手呢？兩個人發了愁，遠遠圍著老虎轉起來。

老虎是被套住的，腳和嘴都還能活動，人到不了跟前。

通常，要捉活老虎，應該有一張網或幾把木杈，把老虎罩住叉住，才好下手捆縛。但是，這時候上哪兒去找網呢？時間一點兒也耽擱不得，下套子的人來了，他們就偷不成了。

轉著，轉著，一個人舉起了槍。只有把老虎打死了。

「瞄準耳朵眼打，皮上多個窟窿就得少賣幾十元。」另個叮囑著，也把槍摘了下來。

「砰」，槍響了。

啊嗚跳了跳，驚吼了一聲。卻沒有子彈打過來。看剛才朝自己瞄準的那人卻向前跑出一步，「撲」地栽倒了。

剛摘下槍的那個人愣了一下，忽地轉過身罵了一聲：「媽的，你們殺人！」話落槍響，「砰」，對面有人「媽呀」慘叫了一聲。

「砰——」「砰——」震耳欲聾的槍聲在森林裡迴盪，發財發紅了眼的人們對射起來。

「錚——」一顆子彈在啊嗚腦袋旁跳起，把牠嚇了一跳。那子彈擦過大樹樹身，把纏在樹上的一圈鋼絲打斷了。

幾分鐘後，槍聲停了。離啊嗚最近的那個人仰面朝天倒在他同伴的身上，胸脯泉水般湧流出殷殷的鮮血。

「他娘的，敢偷老子的東西！真是吊死鬼打鞦韆，不知死活。」一個人從大樹後露出了頭。

「麻子哥，小邦子咽氣了。」灌木叢後又站起來一個人，這人兩手鮮血，也提著獵槍。

「咽就咽吧……咱倆分這虎，不是更好？」

被稱作麻子哥的離開大樹，走到離啊嗚很近的地方，舉槍向啊嗚瞄準。

啊嗚急了，牠已深深知道了槍這玩意的厲害。牠不明白，這麻子哥爲什麼也要這樣打牠，要牠的命！

牠大吼一聲，想撲過去，但終究不如子彈快，一顆子彈打在牠腿上，啊嗚應聲而倒。

啊嗚暴跳如雷，沒有喘息，跳起又是一撲。這一回，纏在樹上的鋼絲忽然一轉，有一段便離開大樹跟著啊嗚凌空飛起。

麻子哥慌了，轉身要跑，啊嗚已經撲到。他倒了，啊嗚也倒了。但啊嗚在倒地的同時，已閃電般向他脖子張開了大嘴。

麻子哥死了，四肢像棕熊、像野豬似的抽動。

啊嗚想站起，腿一軟，又栽倒在地。牠的腿上流出許多血，小腿骨折了。

就在這時候，「砰——」一顆子彈嘯叫著從牠頭上飛過。啊嗚火冒三丈，張開大嘴，「喀哧」，一口把斷腿咬了下來。

灌木叢後，兩手是血的那個人，手顫得厲害，再也無法瞄準了。當啊嗚怒吼著撲過來的時候，他扔掉槍，淒厲地大叫一聲，逃跑了。

他嚇瘋了。

啊嗚沒有追。牠拖著鋼絲，斷腿嘀嘀嗒嗒地流著血，跌跌撞撞地離開了這個血腥的地方。

2

北方的秋天很短暫，柞樹葉子紅了沒多久，便下起了雪。

這是這一年的第一場雪，雪花不大，也不密，而且下下停停。地面濕了，茅草濕了，樹幹濕了，森林裡到處濕漉漉的，鳥兒們不知躲到哪兒去了，松鼠和刺蝟鑽進了洞，狗熊和棕熊沒了蹤影……在這又濕又冷的天氣裡，有一點兒辦法，誰也不肯出門受罪。

一隻老虎從森林深處趔趔趄趄地走出來。牠只有三隻腳，瘦得皮包骨，長長的毛兒被雪水和泥污黏成一綹綹，貼在脊背上，垂在肚子下。只有幾根鬍子還在嘴邊支楞著，給牠留下少許威風。

老虎一邊走，一邊嗅。腐葉泥土上有一片雜亂的足跡，這是馬鹿留下的。

這隻老虎就是啊嗚。

脖子上的鋼絲套早就弄掉了，那套兒是活的。只是一隻腳丟了，牠成了殘廢。一個月來，這隻斷腳弄得牠發燒，呻吟，疼痛得要發瘋。現在，傷口總算消腫結痂了，牠必須去找點兒吃的。

饑寒交迫，傷痛在身，再沒有東西下肚，牠就活不成了。

牠小心翼翼地用三隻腳走路，但是，一些枯草莖和灌木枝也常碰到斷腿，這往往使牠狂怒不已。——牠恨死了人，這都是人害的！但是自從死了四個人之後，再也沒有人露面了。

走下一片谷地，樹木稀疏了。天空陰沉沉的，仍然不時有雪花飄落。啊嗚站住了，撲撲落落的搖搖腦袋，水點和泥污飛了出去。牠想喘口氣。

森林裡很安靜，忽然，「哺嗚——哺嗚——」遠遠傳來了鹿叫；啊嗚昂起腦袋，耳輪（其中一隻是豁開的）急急在空氣中轉動……只一刻，牠又趔趔趄趄地走起來。

啊嗚心裡沒有底，從昨天到今天，牠已經發現了兩次獵物：一次是一隻狍子，一次是

十二、災難

一隻青羊，但都因爲傷腿，沒能捕到牠們——特別是那隻狍子，牠一聲大吼，嚇得狍子跌了一跤。若在過去，牠早按住這個膽小的傢伙。可這次，牠沒敢撲，狍子從牠嘴邊跳起來跑了。現在前面有馬鹿，牠能捉到嗎？

啊嗚在草叢灌叢後躲躲閃閃地前進。翻過一道土坎，幾隻馬鹿跳進了眼簾。一隻公的，五隻母的，正低頭摘吃灌木叢中沒落盡的葉子。

那頭公馬鹿身軀龐大，像一匹蒙古馬，有著強勁的脖頸和輕盈的後腿，頭頂上樹杈一樣的大角，已經骨化。公馬鹿不時嘩啦嘩啦地搖搖大角，抬頭吼兩聲。現在正是馬鹿發情交配的季節，公馬鹿厲害得很。

啊嗚漸漸潛到了公馬鹿身邊。牠蹲了蹲就要跳起來，一根灌木枝碰到了斷腿上。啊嗚陡地哆嗦起來，止不住大叫一聲。鹿群嚇壞了，撅起小尾巴跑起來。

但公馬鹿只跑出幾步便站住了，扭回頭打了響鼻，死死盯住了啊嗚。

啊嗚脖子上的毛聳立起來，一躍跳出草叢。

牠是獸中之王，棕熊也曾敗在爪下，一隻馬鹿算得了什麼？但當牠在草叢外準備第二次撲跳時，牠感到自己錯了。公馬鹿渾身的毛油光發亮，一塊塊的肌肉凸起，眼睛佈滿血絲，鼻翼不住地翕動。這隻馬鹿已經戰勝了許多情敵，勝利使牠兇悍異常，忘了生死。啊嗚有些猶豫，可就在這時，馬鹿衝上來了。

啊嗚本能地想跳開，這需要兩條前腿一齊用力！於是牠翻了個跟頭，公馬鹿的大角嘩地戳在牠的肋骨上。

啊嗚勃然大怒，一骨碌要翻身爬起，但牠又一次栽倒了。斷腿的疼痛使牠慘叫了一聲。於是，公馬鹿又嘩地頂了牠一角。這樣，啊嗚的胸部和脖頸便好多處皮開肉綻、鮮血直流了。

啊嗚明顯感到自己不行了。斷腿把牠從獸中之王的寶座上拉上來，使牠丟盡了威風。牠心裡止不住湧起一股酸溜溜的滋味。但牠還要掙扎著活下去，還必須獵到食物。牠沒有再站起來，肚子朝天，等著公馬再來一頂。

公馬鹿果然又低著頭來了。牠已經成功地頂了老虎兩下，早已沉浸在狂喜之中，牠壓根兒就不怕這隻瘦弱骯髒的殘廢老虎，牠覺得，只要再在老虎暴露出來的肚子上一頂，殘廢老虎便會開膛破肚，一命嗚呼。於是，牠蹦跳著打了個響鼻。

但是這一次，牠沒能如願。老虎後肢一蜷，牠頂在老虎胯骨上，而老虎的一隻前掌，卻結結實實地拍在牠臉上。

公馬鹿顏面骨碎了，眼睛模模糊糊，腦袋裡嗡嗡直響。但牠也不愧是一隻強壯的公馬鹿，一口氣未喘立刻又人樣地直立起來，向老虎胸部踏下去。

啊嗚見勢不好，也不翻身，只是以肩胛骨爲軸，把身體向一側一轉……鹿蹄踏在牠的

十二、災難

肩膀上，皮破了，但啊嗚卻一抬頭，一口咬住了鹿脖頸。

公馬鹿慌了，又是跳又是蹦，企圖把啊嗚甩掉，戰鬥激情一下子煙飛雲散。

啊嗚被仰面朝天拖在地上，荊棘石塊磨得後半身鮮血淋漓，牠不鬆嘴。過坎了，跳溝了，啊嗚的骨頭架幾乎被顛散，牠仍然不鬆嘴……

終於，公馬鹿的力氣耗盡了，撲通摔倒在地。啊嗚沒有遲疑，翻身爬起，猛地甩了一下頭，公馬鹿的脖子被撕豁了。

馬鹿喘息著，脖子裡湧出熱氣騰騰的、帶著許多泡沫的鮮血。牠翻了個身，還試圖爬起。啊嗚立刻又在牠脖頸上狠擊一掌，馬鹿重重地倒下了。

啊嗚趴在馬鹿身邊，大口大口地喝著已經死去的敵人的鮮血，嗆得直咳嗽。牠自己身上也是血肉模糊，慘不忍睹。但牠還是很愉快，牠又享受到了勝利後的歡喜。

十三、多雪的冬天

1

這是一個多雪的冬天。

啊嗚很討厭下雪，牠只有三隻腳，走崎嶇的土路都很艱難，可老天偏偏與牠作對。此刻，天又陰了。

灰黑色的烏雲籠罩在起伏的山巒上，西北風嘯叫著刮過樹梢，在山坡上揚起陣陣雪霧。山谷裡的雪越積越厚，巨石暗溝，茅草灌木，都被雪掩蓋起來，變成白茫茫、平坦坦的一片。

啊嗚鼻子前冒著大團白色哈氣，兩肋像風箱似的劇烈起伏，跌跌撞撞在雪地裡跋涉。牠頭上身上沾滿了雪粉，嘴巴下的毛凍成了一綹綹冰柱，一顛動便嘩啦嘩啦響。

十三、多雪的冬天

山谷裡，縱橫交錯的獸跡中，有兩行深深的雪溝，從對面密林中伸過來。這就是啊嗚走過的路。

要上坡了，一陣風夾著碎石子似的雪粒冰渣迎面撲來。啊嗚眨眨眼，站住了。眼前的坡面很陡，草木稀疏，表面凍硬了的淺雪上，印著一片雜亂的蹄印。再往上，是一道陡坎。陡坎上沒有雪，蹄印變成了一道道白色的擦痕。

蹄印是野豬留下的，一群野豬從這兒攀上去了。爲了躲避猛獸的追擊，野豬群常揀崎險的小路逃命。

啊嗚憂鬱地看著陡坡，牠也必須從這兒攀登上去。跟蹤豬群三天了，牠不能輕易丟掉獵物。暴風雪要來了，沒有食物，牠就會凍死。

老虎比野豬靈敏得多。可是，啊嗚被人打斷了一條腿，現在是個殘廢……牠身上的傷口都變成了難看的禿疤，斷腿也磨出了一層硬繭，但這對牠攀登能有多少幫助呢？牠還不習慣三條腿走路，特別怕翻溝越坎；在這樣的地方，牠常常摔得鼻青臉腫。

又一陣風夾著冰渣雪粒撲到了，啊嗚抖抖身子，待風頭過去，開始了攀登。牠不能再猶豫了，時間並不寬裕。爲了生存，牠必須攀登。

啊嗚一顛一顛地在陡坡上爬，三隻腳上鋼鉤似的趾甲穿過積雪，牢牢抓著雪下的草根、石縫和土地。通常，老虎很愛惜爪子，走路要縮起趾尖，怕磨禿了，不利於捕獵——

每次捕獵，幾乎都是一場生死博鬥。但是，現在，啊嗚顧不了那麼多了。該爬陡坎了。啊嗚仰頭看看，坎高四五米，坡度很大，坎面平滑如鏡，那是坎上面融化的雪冰漫溢下來凍成的冰。如果是從前，碰到這樣的地方，啊嗚只需縱身一躍。但是現在，牠必須一步步往上爬。

啊嗚深深吸了一口氣，伸出前爪，牢牢抓住冰面，緊接著又邁出後腳，登上陡坡。這樣，牠全身就像貼在陡坡上爬。

啊嗚小心地倒騰三條腿，一點兒一點兒向上挪動。爪子不時嗞嗞啦啦地在冰面上滑落，於是，留下了一道道白色的爪痕。

牠全身的重量都繫在三隻腳的趾甲上，漸漸地，腳趾根充血腫脹起來。啊嗚強忍住痛，咬緊牙，繼續向上爬。

牠一點兒一點兒地升高，看看就要翻過陡坎，忽然，後爪下的一塊凍土被抓了下來，「嗤溜——」啊嗚整個兒滑了下去。光滑的坎面上留下了一道長長的血痕，這是牠前爪趾根流出的。

西北風越刮越緊，鉛灰色的烏雲越壓越低，山巒溝壑似乎到處都充斥著嗚嗚的怪號。這不是在嘲笑殘廢的啊嗚吧？

啊嗚一直滑到了山谷裡。看看陡坡，心裡又氣又苦。牠想叫，也想跳，但只是齜了齜

牙，脖子上豎起的毛又漸漸平順了。喘口氣，牠重新開始了攀登。

啊嗚更小心了，可牠一定要登上陡坡。牠身後，留下了一片片殷紅的血跡，滲進積雪中，像誰撒落的一朵朵梅花。

2

啊嗚累壞了，鼻子裡呼呼地噴出大團哈氣，就像一座燒沸了水的鍋爐。腳趾根痛得鑽心，牠不得不一次次緊皺額頭。

風很大，吹得眼睛酸溜溜的。但牠終於爬上了陡坡，取得了又一次勝利！

豬蹄印順著山梁折向了山頂。

大自然不知怎樣造就出這樣一道山梁：山梁很窄，僅容兩獸並行。山梁兩面是陡坡：一面是啊嗚剛剛爬過的，另一面比這面還陡。探探頭，坡下灰濛濛的，是流往邊防站的那條大河。站在山梁上往兩邊看，這道山梁很像一道高聳的牆，啊嗚現在就站在牆頭上。

雪花飄起來了。

啊嗚不知道第一片雪花是怎樣飄下來的，當牠感到下雪了的時候，灰沉沉的天地間，已經到處都在飄蕩這種鵝毛般的東西。啊嗚縮縮脖子，眼光更憂鬱了。暴風雪，暴冷奇寒、一鬧就好多天的暴風雪，就這樣降臨了。

啊嗚看看豬蹄印，嘆了口氣。不能再追蹤了，必須找個地方避一避。可是，在這堵「牆」上，能避到哪兒去呢？

啊嗚四處打量著。透過茫茫雪幕，牠忽然發現一群豆大的黑點兒正從山頂跑過來。牠仔細注視著，黑點越來越大，漸漸能分辨了：正是那群野豬。

啊嗚高興得差點叫起來，一番辛苦總算沒有白費！牠急忙伏下身子，盡可能貼緊山梁。風雪裡，就像山梁上多了一塊骯髒的大「石頭」。

野豬群躂噠噠地跑過來，一邊跑一邊不住地哼哼。牠們走錯了路，慌慌張張跑到了山頂。山頂就是懸崖，懸崖上沒有草叢，也沒有大樹，光禿禿的，牠們不敢在那兒逗留。在那兒，只需一夜，任何活物都會被凍成硬梆梆的「石頭」。

野豬群越跑越近了，啊嗚大吼一聲，突然站了起來。野豬群愣了，接著便亂起來，你擠我撞，哼哼唧唧擁到了一起——共有十幾頭，一隻隻肉大膘肥。啊嗚興奮極了，連蹦帶跳地撲了過去。

野豬是一種很自私的動物，當牠們單個遇到危險的時候，往往會拚命掙扎。當牠們成群結夥遇到危險，卻誰也不會捨命向前。

野豬們慌了，前面的幾隻扭頭鑽向豬群中，後面的一時跑不動，有的被擠下陡坡，有的自動跳了下去，剩下的幾隻又向山頂跑去。

雪下得更大了。

啊嗚看了看跑走的那幾隻野豬，沒有去追。看看自己爬過的那面陡坡，一群野豬正跟頭趔趄地往下滾。牠又向臨河灘的那面陡坡探探頭，下面白茫茫的，什麼動靜也沒有。啊嗚低吼一聲，試探著邁出了僅有的一隻前腿。於是，牠嗞嗞溜溜地滑了下去。

牠覺得，只有從這兒下去才有收穫。

這面坡陡得厲害，有兩隻野豬慌亂中從這兒蹦了下去。

不知從什麼時候滑變成了滾，啊嗚骨碌碌的滾到了坡下。當牠睜開眼睛、不再眩暈的時候，牠看到了不遠處那已封凍的大河。接著，又看到左邊堆著一堆灰褐色的東西。仔細看看，是一頭野豬，躺在風雪中一動不動。

啊嗚想爬過去，一動渾身酸痛。牠掙扎著剛支撐起前半身，忽然聽到一聲哼哼。扭頭看看，後面還有一頭野豬。這野豬後腿摔斷了，正用兩隻前腿拖著後半身逃命，身下的積雪拖出了一道深溝。

啊嗚興奮了，顧不得疼痛，急忙跳過去，一口咬在那傢伙脖子上。

風嚎叫著掠過寬闊的河面，揉搓著冰上的雪粉，把它們捲上半空，甩在陡壁下。不一會兒，躺著的那隻野豬被埋了一半。

啊嗚吃飽了，伸出舌頭舔舔嘴巴上的血漬，向這邊看了看。牠遍體鱗傷，仍然很興奮。這幾天，牠沒有白費力氣，在和大自然的搏鬥中，終於又爭回幾分自由。

牠打了個飽嗝，一顛一顛地走過來，把被雪埋了的野豬刨出。這傢伙摔死了，後腦勺上有個血窟窿。啊嗚打算把牠拖走。

雪越下越大。雪花在眼前亂飛，眼也睜不開了。啊嗚費力地挪動著，身上熱氣騰騰。野豬已凍硬了，沉重得很，把雪擁成了一道雪牆。終於，啊嗚放下了，轉身去銜吃剩下的那頭。

風雪太大，貪心是要被困死在這兒的。啊嗚記住了這個地方，等風雪平息了，牠將再來光顧這頭野豬。

3

風停了，雪住了，山山嶺嶺到處都是耀眼的白色。

灌木叢變成了雪丘，只有一些長枝杈露出來。松樹杉樹的綠葉上落滿了雪，好像托著朵朵白雲。山谷變淺了，陡坡變緩了，嶙峋的山石彷彿也收斂了牙角，變得光滑可愛起來。

啊嗚一顛一顛地穿過森林，翻過山丘，向河灘走去，牠要去找那頭野豬。

暴風雪一連鬧了六天六夜，啊嗚也就在雪下臥了六天六夜。厚厚的積雪把牠掩埋起來，爲牠遮擋住了狂暴的北風。啊嗚不覺得冷，只是有些餓，禦寒耗去了牠身體中的許多

熱量。

當喜鵲喳喳的歡叫聲傳到雪下，牠才知道天晴了。牠從雪下跳出來，大吼兩聲，帶著滿身雪粉顛顛地跑起來。

牠摔了兩跤，摔得渾身酸痛，但仍然喜氣洋洋。六天六夜，牠被風雪囚禁了六天六夜呀！不過，這一來，牠的肚子咕咕叫得更響亮了。

經過一棵大樹下，一大朵棉花似的雪團落下來，掉在啊嗚身上。啊嗚抖抖皮毛，抬頭看了看。幾隻拖著大尾巴的灰色小動物，正蹲在樹丫上的積雪中，啃秋天晾在樹枝上的蘑菇。這是松鼠，啊嗚認得牠們。牠是看著牠們脫掉火紅的夏裝，一點點長出灰絨絨的冬毛的。

松鼠吃得很香甜，啊嗚看了一會兒，加快了腳步。

一群色彩斑斕的野雞，拖著美麗的長尾巴，撲啦啦地飛過啊嗚面前，落在不遠的雪地上。那兒曾是一片草地，現在只有一些草尖露出雪面。啊嗚瞥了一眼，野雞們唧唧咕咕叫著，刨著積雪找草籽吃。

牠剛扭過頭，忽然一道黑影倏地閃過，按住了一隻野雞。野雞們大聲驚叫著四散飛走了，那道黑影也啪啪地拍翅飛起來。這是一隻蒼鷹。轉瞬間，雪地上只剩下一片野雞毛，隨風翻滾。

啊嗚更餓了。

啊嗚繞過一道山梁，走到了大河邊。這道山梁就是暴風雪前牠爬過的那座。到了這兒，山梁比較低了。只是這樣繞，順著河灘走，路要遠一些。

天剛晴，氣溫很低，風從大河的冰面上吹來，刺骨侵髓的冷。腳下的積雪還很鬆軟，軋軋響著。啊嗚呼出的熱氣變成了白霜，結在鬍子和鼻子周圍的毛上，這使啊嗚成了虎爺爺。不過，牠的心情仍然很好。牠覺得牠有食物，就埋在前面的雪下，萬無一失。

不過中午，啊嗚一瘸一拐地走近了藏野豬的地方。牠突然覺得不大好，埋豬的雪似乎被刨開了。牠慌慌張張地跑過去，果然，野豬沒有了，到處是零亂的、咬滿牙痕的殘骨，連灑上血跡的雪都被舔得乾乾淨淨。

啊嗚心裡罩上了一團陰影，接著，眼睛射出兇狠的光。牠大聲吼叫著，把雪刨得四處飛揚——這是誰，竟敢偷牠、一隻殘廢老虎玩命獵下的食物！

驀地，啊嗚注意到雪地上還有許多雜亂的腳印。這些腳印每一個都像狗的，只是腳前有尖尖的腳印。

啊嗚嗅嗅，這是狼的，是一群狼留下的！

啊嗚明白了，只有狼才有這麼靈敏的鼻子。

啊嗚抬起頭，齜出牙。牠看到，斑斑點點的狼腳印順著河灘去了，越走越遠……

十四、雕像

1

這是一群從冰河上跑過來的狼，牠們住在對岸的森林裡。

牠們中有被啊嗚趕走的，有土生土長的，冬天降臨以後，風雪和饑餓把牠們趕到了一起。

和野豬不一樣，聚集到一起的狼，變得非常瘋狂。牠們恃著自己是一個群體，都有尖利的牙齒和爪子，敢於向遇到的任何動物進攻，並且敢於蜂擁著衝進牠們過去怕得要死的村莊，在人的面前拖豬拽羊，風一般地跑來跑去。

這時候，任何動物，包括人，望著呼嘯而至的狼群，都會立刻變顏失色。

啊嗚不知道這些，也不怕這些。牠討厭狼，只想把狼趕走。三天三夜中，牠翻山越嶺，窮追不捨，一顛一顛地緊跟在狼群後面。

狼群像一股灰色的、行蹤不定的旋風，在山林中遊蕩。昨天還在東山坳，今天便突然出現在老爺嶺。所到之處，森林像遭到了洗劫。鳥兒驚惶惶地閉了口，大小野獸連個影兒也看不到。這兒那兒，只剩下一堆堆白骨。

啊嗚沒有狼群跑得快，捉不住狼，也找不到食物。漸漸地，牠變得煩躁起來。

刮了一夜北風，把幾天來稍稍融化了的積雪又凍住了，凍得鐵硬。啊嗚一步一滑地雪面上走，就像在冰上走一樣。

牠已經摔了幾個跟頭，摔得目眩耳鳴，肋骨酸疼。每一次摔倒，牠都氣得頸毛膨起，把玻璃似的雪殼抓個稀爛。但牠只有三條腿，稍一趔趄，立刻便又摔一個跟頭。

天快亮的時候，遠遠傳來一陣槍響。爆豆似的槍聲在山巒上空迴盪之後，森林更寂靜了。

啊嗚氣喘吁吁地快步爬上一座山崗，仄耳諦聽。

山山嶺嶺，溝溝谷谷，處處反射著積雪灰白的光。更遠處，一座大山黑黝黝地遮去了半個天空。山尖上，一縷青灰色的雲變幻著色彩。啊嗚明白，太陽將從那兒升起。

啊嗚悄悄地轉動耳輪，除了風兒的歌唱，沒有任何聲音。牠搖搖尾巴，決定到槍響的地方去看看。

十四、雕像

爬上一面山坡，翻過一座小山，啊嗚忽然發現，前面快要到邊防站了。大河就在旁邊，牠來過這裡。牠全身的肌肉一下繃緊了，殘缺不全的毛刷刷地豎了起來，但牠仍然決定到槍響的地方看看，弄清發生了什麼事。

啊嗚在灌叢小樹後潛行。凜冽的北風送來一陣陣濃烈的硝煙味兒。牠的心提到了嗓子眼上。同時，身體裡又湧動起一股強烈的憎惡。

牠熟悉這種怪味兒，這是從會發火的鐵管子裡冒出來的。正是這種鐵管子，幾次都險些奪去牠的生命，終於，使牠成了做什麼都很困難的殘廢！

啊嗚的毛梢顫抖著，眼睛裡幾乎迸出火。

一條小路在河岩上蜿蜒。小路上雜亂的散印著許多腳印。有人的，有馬的，有狼的。忽然，一匹馬闖入啊嗚眼簾，牠站住了。

這匹馬躺在小道旁的雪地上，全身鮮血淋淋，肚子已被豁開，臟腑被拉出來，就拋在馬屍旁邊。

啊嗚眼亮了，肚子嘰裡咕嚕地亂響。牠已經有八九天沒吃東西。但牠沒敢貿然上前，因爲馬旁邊也有人的腳印。

牠悄悄隱在小樹叢裡，耳朵無聲地轉動。同時，鼻子也在使勁兒地抽氣。

天已經亮了，東方那座大山尖上，雲變成了橙紅色。風從河面上吹來，似乎也有些柔和。灌木叢的枝條已不再是黑黝黝的陰影，從有一層硬殼的雪中伸出，是那樣新鮮和清晰……

雪地上冰冷異常，啊嗚的腳凍麻木了，身上也像有許多小刀在割。腸胃抽搐得更厲害了，不時咕嚕一聲大響，常使啊嗚疑心遠處便能聽到。

牠注意地看看周圍，所幸到處都靜悄悄的，沒有一點兒聲息。

太陽完全躍上山頂了，山野裡的積雪反射著一片金黃色的光。兩隻烏鴉飛來了，在樹梢上哇哇地叫，梳理一會兒羽毛，輕巧地跳下樹，爭先恐後去啄死馬旁邊的腸子。

啊嗚身上的毛平順了，倒騰一下腿腳，跳出樹叢，快步向死馬奔去。牠放心了，烏鴉眼尖，能到地面上吃食，說明周圍沒有什麼危險。

2

啊嗚剛吃了個半飽，覺得肚子難受，便住了嘴。

牠一顛一顛地回到小樹叢，想臥下休息一會兒。牠過去也鬧過肚子痛，只要臥一會兒，放兩個屁，就沒事了。

兩隻烏鴉也不吃了，飛起來，又臥到了牠們來時臥過的樹梢上。烏鴉羽毛有些凌亂，眼睛微閉著，樣子有點兒蔫。牠們很貪吃，在啊嗚走到跟前時，只是跳了跳，給啊嗚讓個

地方。便又埋下頭去，把已凍硬了的馬腸子啄得碎屑亂飛。

啊嗚肚子越來越難受，腸胃像著了火，熱辣辣地灼痛。想嘔，嘔不出來。張開嘴，只從牙齒縫中淌下許多黏糊糊的口水。腳趾也有些麻，腳背上肌肉好像在逐漸抽緊。牠有些奇怪，這一回跟以往不一樣，莫非是凍的？

忽然，「撲」，一隻烏鴉從樹梢上栽了下來。這黑鳥兒啪啪地拍動翅膀，脖子艱難地扭動著，在雪地上打滾，好像還想飛起來。但已不可能了，牠的身子很沉重。只有脫落的羽毛像灰色的雪花，被翅膀拍動的風吹開，四散飄舞。

不多時，另一隻烏鴉也掉下來了。

兩隻烏鴉軟軟地扇扇翅膀，先後蹬直了腿。

啊嗚驚訝地看著眼前一幕，脖子上的毛豎了起來。牠狐疑地搖著尾巴，忽然發現兩隻烏鴉的嘴裡也流淌著黏黏糊糊的口水。牠警惕起來，聯想到死馬身旁的人腳印，恍然大悟：人，又是人幹的。這是食物中毒！

啊嗚匆忙用前肢擊破地上堅硬的冰殼，大口大口吞吃起粗硬的雪粒——沒有誰教牠這樣做，但每一個食物中毒的動物都會拚命找水喝，這是一種自救方法，也是一種生命的本能。

啊嗚的三隻腳完全麻木了。爪尖像鋼鉤似的張開來。腳趾大張著，縮不攏，就像三把大葵扇。不過，啊嗚終於嘔出來了，嘔出一小灘泛著酸味的清水和變了顏色的馬肉。

啊嗚喘息著，胸部使勁向裡擠壓。牠想嘔得再多一點兒，卻沒能做到。於是，牠又把頭扎進雪坑，大口吞咽起來。這時候，牠覺得頸部也有些發麻。

幾聲狼嚎遠遠傳來。

「是狼嚎？」

啊嗚不吃了，昂起頭，耳朵悄悄轉動著，尋覓聲音傳來的方向。幾隻小黑點兒在大河對岸的森林邊緣出現了，接著，又有幾隻……小黑點踏著冰河跑過來，迅速變大。

啊嗚看清了，這是一群狼！牠咽下已開始消融的雪粉，悄悄站了起來。

牠早就在尋覓牠們，早就！

狼群在冰面上跑得很快，有幾隻趔趄了一下，卻沒有滑跤……有三四十隻狼，都是蒼灰色的。狼群躥上河岸，噠噠噠地直撲死馬。太陽已滑過中天，小樹枝葉以及整個天空都彷彿在顫抖。

狼群撲到死馬旁，有幾隻看到雪地上的烏鴉，搶過去就咬。於是，烏鴉剎那間被撕了個粉碎。

有幾隻狼看到啊嗚的足跡，嗷嗷驚叫著向後倒退。後邊的狼卻蜂擁而上，把牠們擠到了一旁……死馬的肉被一條條一塊塊地撕扯下來，眨眼工夫，便露出了雪白的骨架。

啊嗚震驚了，牠沒有想到狼群如此厲害。因爲這只是片刻間的事，當牠看到狼群你擠我撞、齜牙瞪眼，把剩下的半邊馬屍拉來拽去的時候，牠忍耐不住，咆哮一聲，跳了出來。

一隻狼的頸子被啊嗚拍了一下，在這同時，啊嗚的獠牙又咬穿了另一隻狼的脖子。這兩個動作又準又狠，簡直快如閃電。狼群呼啦啦散開了，並且一個個夾緊了尾巴。

啊嗚不容狼群喘息，一聲大吼，又撲過去按倒一隻。於是，這隻狼的脖子也立刻斷了。

狼群「噢」地驚叫著四散奔逃。忽然，一隻碩大的公狼出現了，牠朝奔跑中的群狼嚎叫了一聲。群狼停下了，一齊扭過身，遠遠盯住了啊嗚。

顯然，這公狼是群狼之首。在牠的幾聲嚎叫之中，群狼逐漸從驚恐中清醒過來：牠們是一個龐大的群體，怎麼能因爲一隻虎，就輕易丟掉死馬呢？牠們齜出牙，漸漸向啊嗚圍攏過來。

啊嗚不禁有些膽寒，牠看到了周圍那些亮閃閃的眼睛。這些眼睛閃著邪惡兇殘的火，聚焦到一點，似乎把石頭也能燒成水。不過啊嗚仍然很沉著，一聲不響，三條腿穩穩抓緊地面，站在狼群包圍圈中。

群狼越逼越緊，在離啊嗚十幾米的地方站住了。這是一種心理威懾。啊嗚緊緊盯著狼群，脖子上豎起的毛在微微顫動……忽然，牠覺得胃裡一陣攪動，急忙張開嘴，「嘩——」又吐了。這一嘔，直嘔得牠頭暈眼黑，上氣不接下氣。

正在這時候，一條黑影猛一躥，牠脖子被黑影咬住了，摔了個跟頭——這是那條大公狼。

群狼一窩蜂撲上來，在啊嗚身上亂咬，就像剛才撕扯馬肉一樣。啊嗚勃然大怒，大吼一聲，呼一下跳到了半空。

群狼驚呆了，有幾隻被甩了出去，骨碌碌在雪地上亂滾。

啊嗚身上被咬破了許多處，到處鮮血淋淋，黃底黑紋的皮毛成了大紅袍。牠氣惱地左咬右撲，刹那間狼群血肉橫飛，倒下了一片。

大公狼爬起來，滿嘴鮮血，「嘓」地把從啊嗚脖子上撕下的一塊肉咽了下去，牠看看周圍，狼群正在哀叫著紛紛躲避。牠不害怕，覺得瘸老虎已經受傷，只要再撞倒這個獸中之王一次，瘸老虎就會像那匹馬一樣，只剩下骨頭架子。

大公狼悄悄挪動著，突然又撲了上去。群狼不躲閃了，紛紛齜出牙齒。

啊嗚早就看出大公狼的意圖，但牠並不畏懼。牠吃了許許多多的苦，也取得過輝煌的勝利。儘管牠被人傷殘了，但牠胸間仍然充溢著驕傲、自豪。一往無前，無所畏懼是虎的本性。死有什麼可怕呢？只要死得壯烈！

當大公狼撲到的時候，啊嗚一擰身坐了起來，一爪拍向大公狼的腦袋。牠很沉著，只是頸子有些麻木，出爪偏了一點，拍在了狼嘴上。

大公狼沉悶地叫了一聲，在地上亂滾起來。牠的顏面骨被擊碎了，眼前昏黑一片。狼群亂了，有一隻嚇得拉了一灘稀屎。但牠們跑出一段距離，又停下了，牠們聽到了大公狼的叫聲。

大公狼沒有死，一隻眼滴著血，另一隻卻閃著兇光。牠要跟老虎拚了！牠不相信，牠「人多勢眾」，竟然鬥不過一隻瘸腿虎！

可是，正在大公狼躍身撲上時，一陣震耳欲聾的槍聲忽然響了起來，大公狼撲通栽倒了。

3

槍是邊防戰士們打的。聽到狼嚎，他們急忙趕來了。

拂曉，一群狼衝進邊防站，趕走了一匹馬。戰士們追出來，把狼打跑，馬卻已被狼咬死了。他們斷定狼還會回來，便在死馬上撒下了毒藥。沒想到，跟在狼群後面的啊嗚倒了楣。

戰士們目睹了啊嗚的頑強和威風，從心眼裡敬佩。他們本不想開槍，群狼吃毒馬肉，遲早會被毒死，可狼群糾纏著啊嗚，老虎的處境很危險。

槍聲震耳，彈殼飛迸，狼群倒下一片。剩下的滾的滾，爬的爬，一溜煙逃命了。

聽到槍聲在耳邊猝然響起，啊嗚有些慌，愣了一愣，急忙躲進了小樹叢。

硝煙沒散，邊防戰士們從土丘後露出了頭。兩個腿快，已經提著槍從土丘上跑了下來。大鬍子連長急了，大喊：「回來，快回來，他媽的，你們……」

但是，晚了，渾身血跡的啊嗚從小樹叢中跳了出來。

啊嗚以爲，人在追牠，人要致牠於死命！

啊嗚已經很虛弱了。幾天來，牠一直沒吃什麼東西，今天，又先後被毒藥和狼群弄得身體裡外都受了重傷。沒想到，在這個危險的時候，人又出現了。

「人啊，人！你們已經給我製造了許多苦難，可還不肯放過我，你們爲什麼非要我死呢？」啊嗚氣喘吁吁地吸一口涼氣，忍住渾身疼痛，咆哮著向邊防戰士撲去。

兩個邊防戰士懵了，一時間不知道該怎麼辦。等到轉身跑起來的時候，老虎已到了身後。

土丘上的戰士急了，紛紛扯著嗓子喊起來：

「快，快跑！老虎追上來了。」

「兩個人分開跑，你東我西。」

「老虎，你他媽忘恩負義，我們可是爲了救你啊！」

老虎並不理會戰士們的痛罵，還在一顛一顛地追。

經過一次次危險，熬過重重苦難，牠不信任任何人了。此刻，牠覺得，普天之下，最壞的莫過於人！人是製造一切苦痛和災難的根源！牠鈴鐺大的眼睛噴射著暴怒的烈火，大張的嘴裡，尖尖的獠牙閃著觸目驚心的寒光。

「老李，小吳，瞄準老虎。」

大鬍子連長臉上的肌肉抽動了一下，下令了。他不能眼睜睜看著自己的戰士死於虎口，但他還希望出現奇蹟。

兩戰士舉起了衝鋒槍。他們是邊防站的神槍手。

土丘下的兩個戰士分開來，一個向東北跑，一個向西北跑。可啊嗚已不是剛逃出馬戲團的那隻傻老虎了。牠毫不猶豫地緊緊盯著眼前的一個人，直追著他跑。

這個戰士有些慌，不知踩到什麼，「叭」地摔倒了。啊嗚愣了一下，那個戰士骨碌碌地滾下了坡，槍就扔在啊嗚面前。

見到這支槍，啊嗚新仇舊恨霎時一齊湧上心頭，牠驚天動地地大吼一聲，尾巴一揚，一躍撲了下去。

情況萬分危急！土丘上的戰士們心一下子提到嗓子眼上，再也喊不出聲來。

「開槍！」

大鬍子連長猛地揮了一下手。

兩支衝鋒槍同時噴出火舌，槍聲在寂靜的群山間跳蕩。

啊嗚在空中翻了個跟頭，但落地後又站了起來。牠趔趄了一下，順著槍聲扭過頭。於是，槍聲又響了。

血順著殘存的毛梢嘀嘀嗒嗒落到地上，啊嗚站住了。

夕陽掛在山尖，白皚皚的群山反射出一片片血紅的顏色。針葉林的樹冠在微微起伏，發出陣陣低沉的濤聲。一隻鷹在晚霞中翱翔，久久不下。牠是在欣賞大自然的壯美，不願回巢，還是饑腸轆轆，或者無家可歸？

大河邊的土丘下，一隻老虎三條腿，滿身血污，但牠像石刻銅鑄的雕像，屹立不倒。牠抬起一條沒有腳的腿，昂首怒目，嘴大張著，似有無限的怨恨。遠處，血肉狼藉，群狼橫七豎八躺了一地……

被追逐的戰士走過來了，兩位神槍手走過來了。他們依然心有餘悸。大鬍子連長沉著臉，手指一點一點地數著老虎身上的彈孔，越來表情越沉重。忽然，他奪過一位神槍手的槍，向藍天扣動了板機。

十四、雕像

於是，有幾個戰士也舉起了槍。

一個穿便衣的人從土丘上跑了下來。戰士們認得，這是一個馬戲團的守夜員。他是昨天才到這個邊防站的。剛才，他大概是聽到了虎吼。

守夜員圍著雕像般的老虎轉了又轉，忽然，他雙手一拍：

「這是啊嗚，這就是乖老虎啊嗚啊！」

守夜員眼裡淌出了淚。他爲尋找啊嗚走了成千上萬里路，吃盡了辛苦。可是，啊嗚再也不能回馬戲團了！

是啊，啊嗚獲得了永恆的自由。

New Open

在各方書友引頸期盼下，風雲書網即將開幕！

為感謝舊雨新知多年來的支持
將舉辦特惠書展及一連串優惠活動
請密切注意網站最新消息！

風雲書網：
http://www.eastbooks.com.tw

官方部落格搶先熱烈開站：
http://eastbooks.pixnet.net/blog

大自然的生靈，人類永遠的朋友
——探索眞情的動物世界！

狗的天堂

那裡才是狗的天堂？
是銅牆鐵壁的豪宅，還是充滿綠意的清新草原？對這隻一直生活在大草原裡的牧犬來說，沒有了大草原，沒有了勞動和競技，沒有了為爭得生存權的搏鬥和令牠熱血沸騰的一切，生活還有什麼意義呢？
一隻善解人意的牧犬，在歷經許多波折與磨難後，終於找到了屬於牠的天堂……

牧鈴／著
15X21cm 平裝 $180

獅王退位以後

獅王梅爾波森昏昏沉沉地走了一夜。牠不知道自己要到哪裏去，垂著頭，瞪著眼，只是一個勁兒向前走，走……牠心裏很亂，本來還想和巨獅打一架，拚個你死我活。但當牠看到獅群已接受了巨獅，便咽下一口唾沫，忍了——巨獅是個身強力壯的好傢伙，而牠梅爾波森，也確實是被打敗了。獅子社會裏沒有耍無賴這一說，獅群只接受力量，接受強大！

朱新望／著
15X21cm 平裝 $280

另類生靈

動物小說天王傾心打造的經典之作。
叢林動物世界的生死傳奇。
這是一群生活在原始叢林中的另類生靈。牠們有快樂也有痛苦，有靈性也懂感情。牠們是我們人類的朋友。了解牠們，理解牠們，尊重牠們，能使我們更好地了解自己，進而與大自然和諧相處。

沈石溪／著
15X21cm 平裝 $280

奔向狼群的駱駝

駝隊跑上一座沙丘，又跑上一座沙丘，愈跑愈快，最後，猛然一下站住了。所有的駱駝都昂起頭，緊緊盯著前方。我敢說，駱駝們猛然停腳絕不是累的。我瞇細眼睛，聳起身，順著駱駝們的視線望出去。天！遠處沙丘間有一片灰黃色正向這邊飄來。那是什麼？狼？狼！沙漠裡餓了一個冬季的惡狼，正挾著飛沙朝這裡撲過來！

朱新望／著
15X21cm 平裝 $280

◎ 單冊9折優待 ◎

風雲動物文學

狗將軍與乖老虎

作　者　朱新望

出版者　風雲時代出版股份有限公司
出版所　風雲時代出版股份有限公司
地　址　105台北市民生東路五段一七八號七樓之三
風雲書網　http://www.eastbooks.com.tw
官方部落格　http://eastbooks.pixnet.net/blog
電子信箱　h7560949@ms15.hinet.net
服務專線　（〇二）二七五六－〇九四九
傳　真　（〇二）二七六五－三七九九
郵撥帳號　一二〇四三二九一

執行主編　朱墨菲
封面設計　蕭麗恩
法律顧問　永然法律事務所　李永然律師
　　　　　北辰著作權事務所　蕭雄淋律師
版權授權　朱新望
出版日期　二〇〇九年四月初版
定　價　新台幣二四〇元

總經銷　成信文化事業股份有限公司
地　址　台北縣新店市中正路四維巷二弄二號四樓
電　話　（〇二）二二一九－二〇八〇
行政院新聞局局版台業字第三五九五號
營利事業統一編號二二七五九九三五

國家圖書館出版品預行編目資料

狗將軍與乖老虎 ／ 朱新望 著 . -- 初版. -- 臺北市
：風雲時代, 2009.03
面；公分

ISBN　978-986-146-525-8（平裝）

857.7　　98001313

Our Dog and Tiger